言の葉紀行

とんぼの目玉

長谷川 摂子

未來社

とんぼの目玉——言の葉紀行　目次

とんぼの目玉——言の葉紀行

装幀——田宮俊和
装画——新井　薫

まえがき

二〇〇六年の夏、未來社の若い編集者、天野みかさんから雑誌「未来」に、自由なエッセイを書いてほしいと依頼されたとき、私は二つ返事でひきうけました。日ごろ、絵本を作り、児童文学作品のようなものを書いたり、子ども向けの仕事が圧倒的に多い私にとって、〈自由な〉という言葉は抗しがたい魔力がありました。

人は生まれたとき、母の乳房から乳を吸うのと同時に、慈雨のようにそそがれる母の言葉も全身で吸収すると、言われています。私は自分自身の母語のこと、十八歳まで、私の言葉を大きくつつみ、はぐくんでくれた故郷、出雲のこと、そして、東京へ出てからのさまざまな言葉の刺激、変化、など、この機会に、自分の内面に血肉化している日本語のありようを洗い出してみたいと思いました。今、夫といっしょに進学指導に熱をあげない塾を営み、そのなかでさまざまな若者にも接しています。日常生活に密着した私の言葉は右に左に新しい波をうけ、それを楽しみつつ、かいくぐり、だれでもそうであるように私の言葉は毎日呼吸し、生きています。そんな現実をさまざまな角度から切りとり、書いていく仕事は文句なく楽しいものでした。

一回、一回、自由なテーマで書けるという条件は、私にとってはうれしく、書くことを活気づけてくれました。その条件を十二分に利用し、切り口と目標が見えると、私はフライングものともせず、駆けだして、あのこと、このことと、前後のことをそれほど深く考えず、目の前のテーマの魅力に埋没してしまいました。結果は一文一文、あっち向き、こっち向き、そこに私がいるという以外、一貫した統一感がありません。いったいこんな本はどうタイトルをつけたらいいのか、と、単行本化が決まったとき、考えこんでしまいました。そんなとき、何の気なしに手に取った北原白秋の童謡集。こんな詩が目に飛び込んできました。

蜻蛉の眼玉

（略）
地球儀の眼玉、
忙《せわ》しな眼玉、
眼玉の中に
小人が住んで、
てんでんに虫眼鏡で、あっちこっち覗く。

上向いちゃピカピカピカ。
下向いちゃピカピカピカ。
クルクル廻しちゃピカピカピカ。

きっと、私の頭の中にもこのとんぼが棲んでいるにちがいない。言葉という、つかんでもつかんでも、つかみきれない生きものにとまろうとするとんぼが……と思ってしまいました。言の葉という得体の知れない葉っぱにちょっととまる。とまっては目玉の中の小人が大さわぎ、虫眼鏡片手にあっちで宙返り。すべっちゃ転がり、すべっちゃ転がり、七転八倒か、七転び八起きか、とんぼの目玉のてんやわんや。飛びまわっているうちに、日が暮れて、あっちこっちに小さな青い灯がともる。想像しているうちに、これはこの本のタイトルになるな、と思ったしだいです。

読者の方も、あっちの葦、こっちの棹の先と、とまるとんぼ飛行にご同行くださって、私のつたない言葉考の景色を楽しんでいただければ、この上ない幸せです。言葉の恵みを互いに分けあって、この人生の彩りを少しでも豊かに、と思わないではいられません。

二〇〇八年　九月一日　払暁

流れるイカダ

我が家でとっている新聞には、毎週金曜日の夕刊に大きなクロスワード・パズルが載る。いちおう、主婦業をやっている私にはこれは厄介だ。なべに火をいれながら、野菜を切っている最中に、「あっ、今日は金曜日」と気づくと、「えーっ！」と、思わず、声をあげてしまう。どんなに忙しくてもクロスワード・パズルにとりくむ時間は死守せねばならない。夕刊を取りに新聞受けに走り、そのまま新聞を広げたら最後、煮物は煮えすぎてしまう。

あるとき、電車の中で夫婦者らしい二人が仲良くタブロイド版の紙面に首を突っこんで、クロスワード・パズルを解いていた。隣に座っていた私は失礼ながらついつい会話に耳を傾け、ついつい目の方も傾けてしまった。二人は明らかにまちがいを犯し、そのため上下左右の発展に支障をきたし、立ち往生していた。それに気づいたとたん、どうしても我慢ができず、とうとう言葉をさしはさみ、「ここは〇〇でしょう、そうすれば、ほら、こっちは××でしょう」

などと、教えてしまった。二人は幸いにも次の駅で降りたので、私はそれ以上、隣のパズルに横はいりする時間はなくなった。この話を娘ふたりにしたら、顔を見合わせ、あきれたように言った。「そんなことされたら、次の駅で降りるわよねえ」。

なぜ、このようにとらわれるのか、私は今、ここにその言い訳を書こうとしている。

大槻文彦という稀代の言語狂が、世にも恐ろしいエネルギーを注ぎ、独力で編纂した『大言海』という辞書がある。ちなみに、この辞書で「デモクラシー」という項をひくと、「古へノ、所謂、下克上ト云フモノカ」とあって、感銘をうける。明治の御世に生き、新しき言葉に身を挺して飛び込んでゆく大槻氏の理解の必死さが思われるのだ。

が、私にはこの辞書の内容について追求する能力はない。今、言いたいのは辞書のタイトルのことだ。

国語辞典のタイトルには他に『大辞林』、『広辞苑』などがある。しかし「林」ではあまりに疎にすぎるだろう。いわんや「苑《その》」など、申し訳に「広」をつけても所詮《しょせん》は庭だ。小さい、小さい。

陸は海にはかなわない。やはり言葉は海をなしているといわずばなるまい。クロスワード・パズルはこの海に浮かぶ一種のイカダ組みだ。私は海に飛びこむ。なにかつかまる板っきれはないか、と、ヨコ①を見る。見つかった、やれやれ、しかし、心細い。そこで、つながっているタテ③を見る。うまく言葉がつながれば、板っきれはくくられる。こうして、ある完成形を持つイカダ作りが始まる。イカダを組みあげる達成感もさることながら、その過程で思いがけない言葉が海の底からぽっかり浮かびでる、その出会いが楽しい。だから、このゲームはしばらく忘れていた箴言や俳句、ざれ歌など、出会っただけで感慨をもよおす日本語が使われてないとおもしろくない。先日、芭蕉の「奥の細道」の江戸出立の句が出た。「……トリナキウオノメハナミダ」は埋まった。ううん、記憶力低下で上の五が出てこない。左右上下から攻めて、「行く春や」が出たときは胸がすっとした。そして、思いがけず出会った「行く春や鳥啼き魚の目は涙」を久しぶりに味わう。その夕べ、私は、新鮮な鯵をたたきにしたばかりだった。あの魚の目。澄んで美しく濡れていた。岩波の古典文学大系の「芭蕉句集」を見ると、陶淵明からの本歌取りらしいが、漢詩では涙についてはふれられていない。涙は芭蕉の感懐のような気がする。きっと、芭蕉はとりたての魚の目をじっと見つめたことがあったのだ、と、私は勝手に想像する。すると芭蕉が、あの頭巾をかぶって、釣り糸をたれている姿が思い浮かぶ。隅田川ではぜなど釣ったかもしれない……。

だいぶ前、「大根おろしに人参をおろしたものを混ぜる」というヒントの答えが「モミジオロシ」だったときは驚いた。私には「モミジオロシ」は大根に切れ目を入れて赤唐辛子をはさんですりおろしたものとしか考えられない。しかし、聞くところによると、最近は人参おろしのこともいうらしい。要は色の問題なのだ。実は変わっても、名は残る。人参になっても伝統は脈々と生きている。それにしても、大根おろしごときで「竜田の川の錦」を思わせる命名はにくいではないか。そこから「竜田揚げ」「時雨煮《しぐれ》」などという言葉も連想してしまう。他にないかなあと考えているうちに、そういえば、昔、デモのあと、「五月雨《さみだれ》解散」というのがあったなあ、などと妙なことも思い出した。

こうして言葉の海のなかから、ついついと釣り上げられる一連の言葉の群に、歌という文化がいかに日本人の暮らしのなかに根を張っているか、思い知らされ、感じ入ってしまう。ことほどさように、イメージをゆすられ、連想を楽しみながら、イカダを組み立てていくのは汲めども尽きぬ興趣がある。

しかし、クロスワード・パズルは言葉のアトランダムなよせ集めだから、イカダはでき上がったところでおしまい。それはどこへも連れて行ってくれない。ところがわたしは去年から、流れるイカダ組みをはじめた。チェコ語を読む練習を始めたのである。

チェコにヨーゼフ・ラダ（一八八七―一九五七）という国民的な絵本作家がいる。この人の絵は、子どもの魂そのものの素朴さと単純さとユーモアがある。色彩も線も、大胆で、美しく、音楽的だ。日本では『おおきくなったら』というわらべうたの絵本が内田莉莎子の名文で翻訳されている。子どもたちとラダの絵を見ながら、声を出して読んでいると、大人のわたしも、心身ともに大きな伸びをするようないい心持ちになる。

一昨年、次女がチェコに旅行をし、みやげにラダの絵本を三冊買ってきてくれた。ラダの絵を惚れ惚れと見ながら、文字が読めないことを、はじめて真剣に意識させられた。なにやら叫んで走っている村娘、庭で赤い顔して寝そべっているおばさん、絵は生き生きと話しかけているが、何を言っているのやらさっぱり分からない。文盲とはこのことか、と思った。よし、それなら、勉強して読んでやる、と、ついに決心してしまったのだ。

そこでさっそく、チェコ語の辞書と「チェコ語入門」という文法の教科書を買い求めた。読むということに目標を絞れば独習は可能だ、と思った。今はすっかり忘れているけれど、若いとき、この方法で古典ギリシャ語やラテン語をかじったことがある。なんとかなるさ、と楽天的な気持ちだった。さて、始めてみると、なんともややこしいが、やっぱりおもしろい。

まず、名詞の格変化の複雑さに目をむいた。とにかく固有名詞まで変化するのには参ってしまった。「大阪から」だと「ス・オオサキ」、「横浜に」は「フ・ヨコハミエ」となる。大阪がオオサキになるなんてこれは日本人の言語感覚からするとほとんど信じられない。神が人間の傲慢さを罰して、民族ごとにちがう言語を与え、世界を混乱させたという聖書のバベルの塔の話に、はじめてリアリティを感じた。『ハックル・ベリー・フィンの冒険』に登場する黒人の逃亡奴隷ジムはフランス語を聞いて仰天する。英語以外の言葉がこの世にあるということが信じられなかったのだ。しかし、ジムの感じたとてつもない違和感は特殊なことではない。私が英語を教えた六年生の恵太君という男の子は、「アイ・アム・ケイタ」という言葉を復唱させようとしたら、長い間、じっとうつむいて黙っていた。「どうしたの？」ときいたら、小さな声で「そんな恥ずかしいこと、言えない」とつぶやいたのである。私は感動してしまった。彼の感性の正直さはジムに通じていて、外国語の本質を探りあてているように思う。外国語は吸おうとして、まったく肺に入ってこない空気だ。恵太君は「そんな変な空気、とても吸えない」と思ったのだろう。それこそ異文化、異民族体験の正体なのだ。空気の吸い方を勉強するなんて、なんて厄介なことだろう。

しかし、バベルの塔の罰は克服されねばならない。外国語を学習するということは民族を超えて人間の普遍性を信じること、つまり言葉はちがっても、人間は人間、お互い思いは通じあう、と考えることから出発する。「オオサキ」とか「ヨコハミエ」とか言う人たちがいると思うと、いっそ愉快でおもしろいではないか。わたしのチェコ語のイカダ組みが始まった。毎日三行か四行、単語をひろい、ひろい、どれをどうくくれば、言わんとするところが見えてくるか、絵とにらみ合わせ、前後から状況を推察し、ほぼ日本語で登場人物の声が聞こえるようにもっていく。このイカダ組みはクロスワード・パズルの比ではない。組み立てられていくうちに別の国の別の海の色とにおいが立ちこめてくる。やがて霧が晴れていくように風景が立ちあがってくる。イカダはいつのまにか溶解し、わたしは人間が暮らしをいとなむ陸地に上陸するのだ。その過程はぞくぞくするほど楽しい。ラダの描く茶目っ気のある狐の顔から「くまさん、スープで残念。これが蜂蜜ならねえ」などという皮肉な声がきこえてきたら、文句なしにうれしいではないか。このイカダ組みはとうぶんやめられそうにない。

ボクの将来

九十歳になるわたしの母は大正時代の言葉を体内に維持していて、近頃の言葉づかいの変化に手厳しい。彼女は言う。

「このごろ、親が子どもに『なになにしてあげる』という言い方を普通にしているみたいだけど、あれはおかしい。親は子どもに『してやる』というのがほんとう」。

わたしは母のこの指摘を聞くと、子どもが子どもの分際をわきまえさせられた、一世代前の厳しくも清澄な暮らしの空気を思い出す。しかし、今、大人たちは、子どもどころかペットにさえ「やる」ではなく「あげる」という。そういう自分も猫を飼っていて、うっかりすると「ミーちゃんにえさ、あげた?」などと家人に言ったりする。その瞬間、母の顔が浮かんで、あっ、いけない、と思うが、べつにだれも笑わない。いやいや、その気になって注意していると、事態はどんどん先進的になっているのだ。先日、テレビの料理番組で料理の先生が「お豆

腐を、ここで軽く絞ってあげましょう」というのには笑ってしまった。もう「あげる」は人に対する微妙な尊敬語ではなく、単なる丁寧語になってしまっている。母のような不快感を抱いている高齢者は少なくないかもしれないが、この「あげる」攻勢はもはやとどめようがない。そしてその背後には親子関係の質の変化が歴史的に反映していると、いえるだろう。

個人がどんなに焦っても、嘆いても、言葉の潮流をとどめる堤防になることはできない。個人の無力は私の母のような一介の庶民も高名な学者も変わらないのがちょっと小気味よい。現在、当然のように日本語界で幅を利かせているたくさんの日常の言葉が、実は百年前に年配者や教養あるエリートたちに叱られながら、おずおずと顔を出したものなのだと思うと、栄枯盛衰、うたた感慨にふけってしまう。

かの偉大な民俗学者、柳田国男は「ボク」という人称代名詞がひどく嫌いだった。「ボク」はできたら撲滅《ぼくめつ》したかったのである。「ボクとワタクシ」という小文の冒頭の部分で彼は高々と宣言している。

「ボクという代名詞、人が自分のことをボクという日本の言葉は、今にきっと使ふ人が無くなるであらう。私はそれを予言することが出来る」。

なぜ、ボクがいけないのか、ボクという音をもつ言葉を日本人がどのように遇してきたか、その否定的側面を柳田はいろいろ教えてくれる。

「ボクという言葉は本当はあまり良い言葉ではなかった。……バビブベボの音を以って始まる言葉などは、よく気をつけて御覧なさい。半分以上は有難くない言葉である」。

九州のある地方では「しまった失敗した」というとき「ボクぢや」といい、「ボク」は「ダメ」と同じような意味に使われてきたという。またボクは馬鹿という言葉ともとは一つであったらしい。香川県では「ボッコに付ける薬が無い」という言い方があるそうだ。読みながら私はなるほど、と思い、「朴念仁《ぼくねんじん》」などという言葉を連想した。

さて、こんな馬鹿みたいな「ボク」がなぜ「私」というような大事な言葉に昇格したか、その出生の秘密も柳田は語ってくれる。そこを簡単に説明すればこうだ。

僕はいうまでもなくもともとは漢語。漢文を勉強する人たちが手紙などで目上の人に対し自分のことをいうときへりくだって「あなたの召使い」という意味の僕を使った。目上でもないただの同輩に僕という字をつかうのは明らかに濫用だ、と柳田は怒っている。江戸期には「僕」は文章のなかだけでおとなしくしていたらしい。それが日常の暮らしのなかに踊りでて、頻繁に耳に届くようになったのは明治になってのことだ。最初は漢籍を読む書生たちが口でも「ボク」といい始め、戯れが広がって、書生の弟や子どもが真似をし始めたのが「ボク」誕生の由来だ。「それが多くは良い家庭の人であった故に、学校のなかでもこれを聴きなれて、さもさも良い言葉のやうに、みんなの耳に響くようになったのである」と柳田は言っている。自分のことを下男と卑下するような言葉が一人称として蔓延するのを嘆く柳田のため息が、行間から聞こえてくるようだ。しかも彼は、女の代名詞で「妾《しょう》」という言葉がはやりかけ、泡沫のように消えて言った例を唯一の根拠に「ボクをいやだなと思ふ者が、少しづつ多くなりかけている」などと、希望的観測をしているのである。

ところが大正時代、ボクは爆発的に全国に広がっていった。私の父がよくしてくれた笑い話にもそのことがうかがえる。父は島根県出雲地方に育った生粋の大正っ子。子どものころ、気取りやの友だちが「ここんたあで（このあたりで）ボクいうのは、オラばっかだ」と言ったというのである。活字にするとおもしろみが出ないが、父が訛りたっぷりの出雲弁でこれを言うと、おかしくて子どもたちは笑い転げたものだ。ボクは都会風をふかして、島根の片田舎にも入っていったことがよくわかる。

しかし、意外なことに、この笑い話に出てくる「オラ」と「ボク」の落差は日本の近代史の流れに深く棹さしている。そのことに気づかせてくれたのは私が愛読する北原白秋の童謡である。

「おいら」が出てくる童謡を見てみよう。『枇杷と菱』という歌。（以下引用文は全文ではない）

兄　さあ来いさあ来い、枇杷もぎだ、

麦稈帽子で、えつさつさ。

弟　さあ来いさあ来い、菱とりに、

坊やが盥《たらい》で、どんぶらこ

兄　いやだい、そつちさ、あばあよだ、

おいらはお山だ、こっちさだ。

弟　いやだい、そっちさ、あばあよだ、

おいらはお池だ、こっちさだ。

枇杷の実を採りにいく兄と菱取りにいく弟が描かれている。関東の田舎の言葉の感じがする。実際に白秋の耳に残っている子どもの声なのかもしれない。もうひとつ、子どもの「笛」という歌。

こさえよ、笛を、

おうちの竹で。

孔あけて吹かうよ、

おれっちの笛を

「おれっち」という言葉が生きている。坊主頭の男の子が口をとんがらして笛を吹く顔が見えるようだ。このふたつの歌、両方とも自然のなかで土にまみれて遊ぶまっすぐな子どもが見えてくる。

一方、「ぼく」はどのような登場の仕方をするのだろうか。「探検家」という歌が「僕」で始まっている。

僕は子どもの探検家、
犬に曳《ひ》かせた橇《そり》に乗る。（中略）
地図や磁石もそろってる。
壁には空気銃かけておかう。（中略）
熊でも鹿でもこはかない。
来たならづどんとうってやろ。
それより仲よく泊めてやろ。
僕は英語も知っている。
吹けよ、風、風、

吹雪も来いよ。

地図、磁石、空気銃と特別あつらえの道具が必要な空想上の遊びが展開されている。尋常小学校しか行けない貧しい農村の子どもにはとてもついていけない歌だ。「英語も知っている」というインテリ志向が露骨に出ていてくすっと笑いたくなる。これこそ「ボク」が漂わせる都会の良家の雰囲気そのものなのだ。ところがこの僕は教育を受け、空想をもてあまし、内向し、さらに屈折もする自我の主体にもなっていく。「僕の自画像」という歌。

僕の自画像、自由画、
ほうら、頬つぺたあかいよ。（中略）
この眼、睨んでいるって
だって笑へやしないよ。
友だち僕にないんだ、
みんなやさしくないんだ。
僕の自画像、をかしい、
いやにむっつりしすぎて。

ううん、しやうがないんだ、
ひとりで泣けてくるんだ。

自由画を描かされて、自意識にさいなまれる少年は「オラ」ではなく「ボク」なのである。山本鼎などの自由画運動を背景に想像すると、なんとも皮肉な事態だと思ってしまうが、当の白秋はそんな皮肉とは無縁な人だった。

しかし、昭和の天皇制ファシズムが進行するなか、土地の自然から遊離した「ボク」の空想性は観念としての子どもへと、飛躍する。「太陽の子供」は昭和三年に書かれているが、早くも大日本帝国の「子供」の片鱗をみせている。

みんなみんな子供だ、僕たちは。
日の出だ、起きろよ、見ろ、空を。
ラッパだ、太鼓だ、進軍だ。

自意識は超越的な価値に吸収され、金持ちもインテリも良家もすっとんで「ボク」は子どもの実態からはなれた無内容な愛国優等生になっていく。白秋の歌はどんどんこの方向へ拡大していく。全集の三巻、四巻はそんな「ボク」が跋扈《ばっこ》していて、個としての魅力ある子どもの感性を歌ったものをさがすのに神経が疲れる。「ボク」は「僕ら小国民」への一路をたどるのだ。

僕らは昭和の小国民だ。
見ろ見ろ、時代の小国民を。
（中略）
清明─僕らは正気に生きる。
忠誠─僕らは天地に誓う。

ああ、もういい加減にしよう。が、「オラ」のことを忘れてはならない。「オラ」は昭和の小国民にはならず、村の子どもの土着の遊びのなかでしたたかに生き続けたはずである。戦後、昭和二十年代に十歳までをすごした私の出雲での子ども時代、九十九パーセントの男の子は「オラ」だったのだから。

さて、ここで柳田国男に戻ろう。今ここで打ち明けるけれど、さきほどの「ボクとワタクシ」という小文、私ははじめ読んだとき、当然、大正か昭和の初期にかかれたものと思いこんでいた。調べてみて驚いた。なんと昭和二十一年に書かれているのだ。もういいおじいさんになっている柳田国男の「ボク」嫌いと、白秋体験をぐって得た私の「ボク」への違和感は双方まったくちがう円弧を描いてばったり出会ったわけである。柳田は小国民「ボク」への批判などしない。しかし、僕の観念性をうすうす感じていたかもしれない。「オラ」「オレ」が由緒ただしい古い日本語の一人称の響きを伝えている、と、かれは擁護しているけれど、白秋の歌のなかに見る「ボク」と「オラ」の乖離《かいり》は日本近代の歴史をくぐってきた、性格のまったくちがう二つの子ども像を私たちに教えてくれる。

さて、今の子どもはどうだろう。私が埼玉県所沢市で出会う男の子は圧倒的に「オレ」が多い。「ボク」というのはやっぱりどこかよそいきの緊張した場面だ。卒業式のよびかけなど「ぼくたち、わたしたち」というのがお決まりである。もちろん、今でも生まれたときから「ボク」でやってきた人もいるだろう。言葉自身に罪はない。「ボク」という人で素敵な友人はたくさんいる。しかし、我が家では、「オレ」が主流、夫と息子にたずねてみたら、やはり、目上の人や、大勢の人の前で話すようなあらたまった気持ちのときに無意識に「ボク」がでてくるらしい。

息子が小学校低学年のとき、『冒険者たち』（斉藤敦夫著　岩波書店）という子どもたちに一番人気の児童文学を読み聞かせしたことがある。彼はそこに出てくる「ボク」にしたたかにやられて身をよじった。主人公のガンバは仲間同士で話すときはたいてい「おれ」なのに恋人の潮路に話しかけるときは、必ず「ぼく」なのだ。戦いの最中、愛の告白をためらうガンバ。

「いって、お願い……。」

潮路は声を高ぶらせてガンバにいいます、

「ぼくは……ぼくは……だめだ……今はいえない。」

状況も状況だけれど、彼は明らかに「ぼく」に反応し、わたしが「ぼく」と声にして読むたびに、「ヒーッ、ヒーッ」と、ベッドのなかで身を泳がせたのである。

このごろ「ジブン」という一人称を使うが若者が目立ってきた。これはこれで出生のいわくがあると思うのだが、今はふれる余裕がない。さて、柳田国男の予言はどうなるのだろう。「ボク」の将来は波乱に満ちているかもしれない。

私の領分は出雲弁

私の母語1

私は島根県の出雲地方で生まれ、育った。今回は私の故郷の言葉、出雲弁について書こうと思った。方言は、共通語と称する言語がビール券みたいに全国共通であるのに対し、そこしか通用しない特殊な言葉だ。でも、それはやっぱり日本語だから、だれでもちょっとはひっかかる。その引っかかりに鉤をかければ、ずるずると、言葉の興味深い側面が釣りあげられるのではないかと思ったのである。ところが、具体的に考え始めたとたん、そうは問屋がおろさないことにすぐ気づかされた。

私にとって出雲弁は水に泳ぐ魚でも、ぷかぷか浮いている木片でもなく、水そのもの、つまり、それは釣ることも、すくいとることもできない海だったのである。

ああ、そうだった、と思ったとたん、田中克彦という言語学者の『ことばと国家』（岩波新書）という本を読んだときの強い印象が瞬時によみがえった。彼は国家権力によって整えられて成

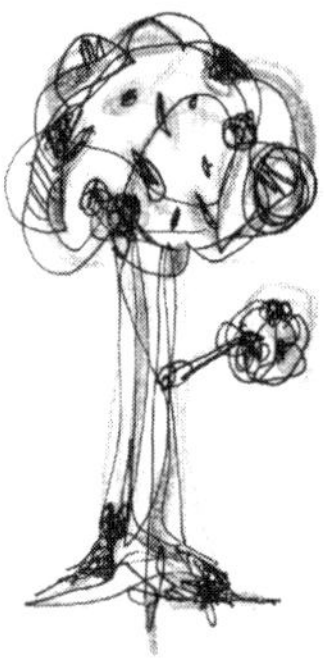

立する母国語と、土地土地の民衆が自然の流れで話し続けてきた母語とのちがいを、明確に教えてくれた。あの時は、薄明の頭のなかにぱっと電気がついたようだった。母語についての彼の説明を私の言葉にすればこうなる。

　人間は生まれ落ちると、母から乳をもらう。それと同時に言葉ももらうのだ。「よしよし、おなかがすいたねえ」と母は言葉をかけながら乳をやる。そのとき、子どもは乳を吸うと同時に耳から言葉も吸い取って、全身にしみわたらせる。そのようにして乳幼児期に体内に入っていった言葉を母語という。

　しかし、この田中克彦の解説は「われわれは一人残らず、始《（ママ）》めて日本語を学んだのは母からであった」という柳田国男の言葉を引用、解題したもので、一種、象徴的なものである。私に授乳してくれた母は実は関東育ちで、出雲に嫁して間もないそのころ、流暢な東京弁を話し、出雲弁はまったく話せなかった。が、赤ん坊の私を包む社会は出雲弁一色だった。母はそれに染まりつつも、言語的には孤立していたのだ。赤ん坊の私はそんな母を超え、人間の声は母以外、すべて出雲弁という社会で、出雲弁を空気のように吸った。そして私は、母にはできない土性骨の入った独特の発音をものし、出雲弁は私の母語となった。ここで母自身の母語と私の母語は食いちがってしまったのだ。たとえ母親でも、孤立した個人の影響はたかが知れている。言語の海をなす共同体のなかではひとたまりもない。このことは同じ日本のなかだからほとんど問題にならないが、外国で子育てをする日本人は男女を問わずきっと深刻な心理的問題を抱えることになるだろう。しかし、今はそのことにはふれないでおく。

ともあれ私は田中克彦の本を読んで、自分にとって母国語は教科書的な日本語ないし共通語で、母語は出雲弁であることを深く納得した。納得すると同時に、子ども時分から今に至るまで、何十年にわたってさまざまな場面で感じてきた、母国語と母語との二重構造の〈きしみ〉を思い起こしたのである。

それは小学校二年生のときのこと。私はひと夏を母の実家のある千葉で過ごし、近所の友だちとよく遊んだ。そのときすでに「ここでは出雲弁は使えない」と、自覚し、慣れない関東の言葉をなんとか使って遊んでいた。もちろん日ごろ、母の言葉を聞いていたのがおおいに役に立ったと思う。しかし、あるとき、遊びが盛りあがっている最中に、友だちが見過ごせないルール違反をしたのだ。私は前後を忘れ、かっとなって叫んだ。

「なんぼなんでも、そぎゃんこと、いけんよ」

口について出たのは正真正銘の出雲弁だった。はっと気がつくと、まわりは爆笑の渦だった。私は深く傷ついた。その証拠に、そのとき笑われた自分の言葉を半世紀以上たった今でもこんなにはっきり覚えているのだから。

ところが、当の出雲でも、小学校では「悪い言葉を使わない」という生活指導上の目標が頻繁にかかげられていたのである。もちろん悪い言葉というのは口汚い悪罵のことではなく、出雲弁のことだ。先生たちは、標準語を話せないと都会に出て働けない、と始終脅迫していた（その当時は共通語ではなく標準語といっていた）。標準語は良い言葉、出雲弁は悪い言葉、というわけだ。それで私たちは「悪い言葉」を使わないように気をつけ、その結果おかしなことが起きて、そばで聞いていた母はしょっちゅう吹き出していた。

「だらず、いうと、いけませんよ。バカてていわなければ」

「ほんなら、あなたはバカですねえ」

といった調子である。私たちは、NHKのアナウンサーのような丁寧語を東北弁のようなくぐもった出雲訛りで発音していた。

しかし、そんなことが長続きするわけがない。それに男の子がこの変な目標のせいで「オラ」を「ボク」に直していた記憶はまったくない。ありがたいことにこの指導は沖縄のように罰則札（方言札）などなく、きわめて穏和だったらしい。だから、この奇妙な標準語遊びはおりこうさんの女の子たちだけの自主規制だったような気がする。私もおりこうさんの組だったわけだが、その言葉のしりこそばゆい感じは思い出しただけでむずむずする。

が、そんなシバリがきいたのはせいぜい小学校の低学年。あとは高校を卒業して東京に出るまで私は出雲弁一本やりの世界で思う存分言語生活を楽しんだ。自分の意志を表現するのに不便を感じたことは一度もない。

高校時代、都会から転校してきた級友と仲良くなった。彼女はラジオ・ドラマのヒロインのような東京弁を話した。たぶん、意識的に出雲弁の影響を拒否したのだろう、三年間、彼女の東京弁は純度を保ち続けた。私たちの耳にはそれはとても美しく聞こえた。発音の美醜に対する日本人一般の偏見は抜きがたい、と思う。東北や出雲のいわゆるズーズー弁、とくに母音のイ音やウ音があいまいになるのを私たちは汚れた濁りと感じてしまう。母音がかっきりと清明に発音されるときれいだと思う。私も彼女の言葉を聴くと、澄んだ谷川の水のようにきれいだと思った。しかし、彼女が彼女なら私は私。私の領分は出雲弁だ。私はがんばった。ことさらにがんばった。ことさらが過ぎて、自分の発音の濁りのすさまじさに、二人で話しながら、顔を見合わせて笑い出したこともある。ふたりの会話はこんなふうだった。

「あの先生はそんなことないと思うわよ」と彼女がいう。

「えんや、えんや、あのしぇんしぇは、あげだけん、えっつも、えっつも」と、私。

こんな彼女とのせめぎ合いを通じて私は出雲弁のかもし出す空気や風合いを少しずつ愛しく思えるようになっていった。相対化のなかで強くなった出雲弁への反省的意識、同時に育くまれた肯定感を、今ありがたく思っている。私はここで根っこのところでのコンプレックスを払うことができた。彼女に感謝だ。

しかし、高校を終えて、東京に出たら、多勢に無勢、出雲弁で通すわけにはいかなかった。そんなことは外国でひとり日本語をしゃべるのに近い無謀な行為だろう。薩摩弁や津軽弁と同じくらい共通語からは遠いのだ。言語の辞書的な転換ではどうしようもない。出雲弁は地域的には狭くても、言葉は言葉、それはひとつの海なのだから。結局、私は体の奥に出雲弁を封じこめなければならなかった。それと同時に

ふるさとの　訛なつかし
停車場の　人ごみの中に
そを聴きにゆく

という啄木の歌が怖しいほどのリアリティをもって身に迫るようになった。

かくして私のバイリンガル生活が始まった。出雲弁という下部構造に共通語という上部構造が乗ってきたのである。今、東京近郊の住宅地に住んでいるが、日常使っている共通語的口語は江戸から続く東京弁とは似て非なるものだ。そんなものは東京生まれの高齢の人か、落語の世界にしか残っていない。私が使っている言葉は、戦後、東京へ東京へと集まってきた地方人がお互い理解できるように自ずから整理されたものだと思う。その整理を私はひそかに言葉の

因数分解と名づけている。つまり、言葉を括弧でくくって、いちおう全国で通ずる共通項だけを残し、括弧のなかの地方語は全部切りすてられているのである。語彙は当然減っている。それに水を足して使っているのだ。まるで薄めた酒のようだと思う。おそらく全国各地からやってきて、故郷の母語を捨て、共通語を話さざるを得なくなった人たちは同じ思いをもっていることだろう。

しかし、体内に押し込められた出雲弁はことあるごとに顔を出そうとする。いや、顔を出すのではない、ここでは出雲の言葉で「芽子《めご》を出す」という表現がぴったりだ。（この言葉も単語としては「顔を出す」という共通項にはばまれて、通用不可の札をはられた部類である）つまり、共通語という皮膚の下、私の体内でかけめぐっている出雲弁という言語のリンパ液が「芽子を出す」、つまり、生命力として噴出するのである。芽子は話し始めれば直ちに大樹になる。電話口はもちろん、出雲出身の親戚縁者に会えば、大東京の山手線のなかでも私は出雲弁になっている。そのときの解放感は、靴を脱いで裸足で草原をかけめぐるような気持ちだ。そう、共通語は私にとってはハイヒールをはいているような緊張感をどこかで強いているのである。その証拠に出雲弁になると声のトーンが落ちる。肩の力が抜けて楽になる。逆にひどく疲れたり、風邪をひいて熱が出たり、酔っ払ったりすると、タガがはずれて出雲弁が体の奥からおさえがたく露出してしまう。そんな時、まだ小さかったわが子たちは母の言葉の豹変に狼狽して「やめてよ、やめてよ」とさけんだりした。やれやれ、お前さんたちと私は母語がちがうんだ、と身にしみたものである。

「父は四十年も日本にいて、日本語を話していたのに、最晩年には英語しか出てこなかった」と、ニュージーランド人を父親にもつハーフの友人が話してくれたことがある。私はそれを聴いて、自分の運命を知らしめられた気持ちだった。きっと、私もそうなる。それを想像すると、抑制がはずれる恐れと同時に、故郷の斐伊川の土手でひなたぼっこした子どものころにかえるような恍惚感におそわれる。さて、これから先、どうなることやら、私はちょっぴり楽しみなのだが、その楽しみをぼけた私が意識できるかどうか、そこが問題だなあ……。そんなことを考えていると、ふっと笑いがこみあげてくる。

今、私は出雲弁を社会化するわずかな細道を見出している。それはいろいろな人の前で昔話を出雲弁で語ることだ。子どものころ、身近な大人から昔話を聞いた体験がないのがとても残念。自分なりの語りの文体、いや話体を探らなければならないのだ。まだ決まったとはいえないけれど、このごろやっと、聞き手の顔を見ながら、自然に言葉が流れ出るのを待つ心境に近づきつつある。それでも私は聞き手と語り手が交錯する場で、言語の二重構造の矛盾がほどけているのを感じ、とても幸せである。

旅伏山《たぶしさん》が暗んだ

私の母語2

私の故郷の町、出雲市平田町の西北に旅伏山《たぶしさん》という山がある。ほんの五、六百メートルの低い山だけれど、平田という小さな町にとっては、春夏秋冬、朝な夕な、人々の暮らしを見守ってくれる大きな父のような存在感がある。私の祖父は九十二歳のとき、心筋梗塞で亡くなったのだが、一回目の発作のあと、わずかな小康状態があり、そのとき寝ているふとんの足元が乱れているのを気にして、枕元にいた母や叔母に「旅伏山の方のふとんがちゃんとしとらんぞ」と、言ったという。それが最後の言葉だった。彼にとっては寝ている体の向きは右とか左とかいうよりも旅伏山との位置関係が目安だったわけである。私にもこの感覚はよくわかる。たまさか帰郷すると、新道が縦横無尽に走っていて、私は時々道に迷ってしまう。そんなときこの山の位置がなによりも頼りになるのである。

山陰地方は春や秋のいい季節でも三日に一度は雨。「八雲たつ出雲八重垣妻籠めに――」と

スサノオノミコトが歌ったというけれど、ほんとうに出雲は雲が豊かで八雲立つ。晴れた日の旅伏山は身がのけぞるほど近くに迫り、山頂の木々が一本一本、見て取れるほど明澄だ。しかし、一転、曇れば、薄墨をながしたようにフラットな影になって遠ざかってしまう。そしてまもなく平田の町に雨がふってくる。その変化は子ども心にも鮮やかなものだったらしい。子どもたちはよくこんな唄を歌った。

「旅伏山が暗んだ、旅伏山が暗んだ」

これは、いっしょに遊んでいる子が横紙破りのルール違反をしたり、遊びをこわすほどのわがままを言い出したりしたとき、その子を責めるはやし唄なのだ。みんなにとりかこまれて
「たーぶっさんが、くーらんだ、たーぶっさんが、くーらんだ」

と、はやしたてられると、どんな子も泣きべそをかく。そのうちとうとう堰《せき》を切ったように、わーっと、泣き出す。するとみんなは異口同音に「あっ、ほえらいたっ！」（あっ、泣いちゃった）といって、唄は終わり、ことはおさまるのだ。

遊びのなかのトラブルの解決はこんな唄によって、きっぱりと始まりと終わりがあり、それ以上ぐずぐずと長引くことはない。しかもそれが、子どもたちをいつも見下ろしている旅伏山の曇りから雨への変化を歌って相手の涙を誘導するとは、子どもながらあっぱれ、なんと、優雅で上等な解決手段だと、いまさらながら感心してしまう。

さて、このプロセスの締めの言葉、「ほえらいた」から、私は出雲弁の海の匂いを少々伝えられるかなと思って、こんな長い前置きを書くことになった。それから、「ほえる」がどのあたりから流れてきたのか、椰子の実の故郷をたどる気持ちもある。

「ほえる」はもちろん「吠える」で、共通語でいえば「泣く」という意味である。「ほえらいた」の「らいた」は「られた」の音便で、いわゆる尊敬の助動詞。出雲弁では人間の所作、動作をいうのにこの「られる」をつけていうことが多い。子ども同士では特にそうで、「ほえらいた」でもわかるように、相手への攻撃的な言葉でもこの「られる」ははずされることはまずない。上下関係を意識する大人社会とはちがって、子どもらは互いに上に立つことも下に立つこともなかった。だから、この尊敬の助動詞は人間さま、すべてに平等に認められる権利のようなもの、という気がしていたのだ。

私にとって、東京へ出たときの最大の言語カルチャー・ショックはこの尊敬の助動詞が消えうせることであった。特に「いる」「いない」という存在を表わす言葉には参った。いきなりドアをあけて友だちに「○○さん、いる?」「あら、いないの」「あっ、いた、いた」などと言う。そんな会話を聞くたびに、耳がつんと痛んだ。まして、自分が言う段になると耳どころか胸まで痛んだ。犬や猫ならいざ知らず、出雲では人間に対して、「いる」とか「いない」とか言った覚えがない。相手が人間ならば「○○さん、おらい?（おられる）」「おらいた（おられた)」というのが当然だ。「いた、いた」などというのは、迷い猫を見つけたときのセリフなのだ。この「られる」抜きに心理的に完全になれるのには数年かかったような気がする。いや、今でも私はそこに共通語との海の匂いのちがいを、感じ続けている。

しかし、このことは出雲に特殊なことではないと思う。関西にも「おらはる」「してはる」などの尊敬語が生きているから、共通語に対する違和感は関西人にも同じようにあるのかもしれない。他の地方にもきっとあるだろう。それにしても、共通語が少なくとも同等な人間に対するこの扱いを廃してしまったことは、長い歴史から見ると、日本語の大きな特徴のひとつを切り捨てたと、言っていいような気がする。

いや、まてまて、と、ここまで書いた私は、自分の自己中心的な母語意識を反省する。そんな尊敬語礼賛は、尊敬や謙譲の助動詞がうようよしている『源氏物語』などの日本の古典を今からさかのぼって正統な日本語のように思っているからではなかろうか。しかもそんな古典はほとんど京都中心の言葉で書かれている。関東以北の人たちにすれば、「オラたちの母語はちがう」ということになるだろう。「おらはる」だの「おられる」だの、舌にまつわりつくような尊敬語なしにやってきた関東の言葉はいさぎよく、空っ風に気持ちよく響くではないか。それもまた、よし、だ。言語の文化は多様である。共通語がどちらかの地方に傾くのは仕方のないことなのかもしれない。ああ、でも、でも……母語が自分の血のなかに生きていること、自分にとって自然そのものと感じられることは、人間にとって、親を選べないと同じように過酷なことだ。きっとその過酷さのなかに世界中の民族問題の根っこがあるのだろう。

さて、「ほえる」の分析に移ろう。「ほえる」は共通語では「泣く」というしおらしい言葉なのに、なぜ出雲弁では、まるでライオンの咆哮を思わせるような野蛮な言い方をするのだろう。考えれば考えるほど、子ども心に納得がいかず、いやな気持ちになった。とくに東京の親戚のおばさんなどが来て「ほえる、なんて犬みたいじゃないの」と、あきれられると、自分のせいではないのにむしょうに恥ずかしかった。

ところが、十数年前のことだが、私は竹田出雲の浄瑠璃『義経千本桜』を読んでいて、思わず口のなかであっと叫んでしまった。「泣くな、女房、何ほえる」というセリフに出会ったのである。ああ、こんなところに「ほえる」があったか……私は、子どものころ、歌った旅伏山の唄と、二百五十年前の上方文化の粋、浄瑠璃の言葉とがひとすじにつながっていたことに単純に感動してしまった。「犬みたい」と言った東京のおばさんに、これを見せたいと切《せつ》に思った。

小学館の国語大辞典は十三巻もある浩瀚《こうかん》な辞書で方言までていねいに追われていて、十万トンの船のように頼もしい。今回、あらためてこの国語大辞典で「ほえる」をひいてみた。すると「ほえる」が「大声で泣く」の意味に使われている例が次々出てきた。まず日葡辞書（一六〇三―一六〇四）に、「幼児、少年が泣く。卑語」とある。古くは室町末、近世初めの狂言から、浄瑠璃では『心中天の網島』などからも用例がひかれている。どうやら「ほえる」は女子どもの泣き方について非難がましくいう言葉らしい。この辞書によると、原義は、やはり、犬やけもののすさまじい鳴き声のことで、日本書紀や万葉集の用例ではその意味にしか使われてない。

ここで私は、自ら近世初頭の人間、特に武家社会の男性になって想像してみる。子どもがぎゃあぎゃあ泣く、女がおいおい泣くのを「おお、犬畜生のように吠えとるわ」と、一言のもとに軽蔑する、これはなかなか男らしい胸のすく言い方だったにちがいない。とくに、男も女も、涙を流して泣くことが一種の礼儀だった平安貴族の王朝文化の時代ははるか遠くの過去となり、いまや、武士道や忠義一筋の自己犠牲がたたえられる時代だ。泣くのは女々しい、幼稚な態度だと見下すのが先進的なイデオロギーだったのだろう。男は泣いてはいけない、いや、泣かない。と、すれば泣くのはみんな「ほえる」ことになるではないか。

方言としての「ほえる」は、北は岩手県から南は長崎県や大分県にいたるまで広く使われているらしい。茨城、栃木、神奈川など関東にも分布しているが、「泣く」におされて、共通語では消えてしまった。どうしてだろう。「飯を食う」という言い方が粗暴な感じに受けとられ、「ご飯を食べる」に取ってかわられたのと同じ運命をたどったのだろうか。イデオロギー的には明治以降もまだまだ、男の泣きの権利は抑圧されている。「ほえる」は生きていてもよさそうだけれど、やはり、動物的な比喩が下品で、嫌われたのだろうか。確かに女の泣きの抒情性を大いに歌った歌謡曲などではとても「ほえる」ではやっていけなかっただろう。森進一が泣きそうな声で歌う「泣くな、妹よ、妹よ、泣くな、泣けば幼いふたりして、故郷を捨てた甲斐がない」などという唄が思い出されるが、この「泣くな」を「ほえるな」に置きかえるとやはりおかしい。しかし、そこを押して、あえて「ほえるな」にして歌ってみると、この兄の男性としての面構えがぐっと変わってくる。口をへの字に曲げた、眉の濃い、ひげ面の男が浮かんでくる。センチメンタリズムはこの兄の腹のなかに押しこめられ、いっしょに泣くのではなく、リアルな叱責に近いものになり、歌詞の情緒と合わなくなってしまう。

しかし、「ほえる」は各地で一時、隆盛を誇った時代があったのは確かだ。そんなときには原義はほとんど意識されず、「泣く」とまったく同じ意味で通用していたのだろう。辞書を見て驚いた。島根県出雲地方の方言として「蟬がほえる」という例が出ている。私自身は出雲で、蟬にまでそんな言い方をしたかなあ、と思うけれど、子どものころ、人間が泣くのは百パーセント「ほえる」だったから、あり得るなあ、とも思うのである。

先日、故郷に帰ったとき、年配の女性が赤ん坊が泣いているのを見て、「あらあら、ほえとらいますが」と言うのを聞いて、なんだか妙にほっとしてしまった。

オカッツァンの話

私の母語3

井伏鱒二の作品に『「槌ツア」と「九郎治ツアン」は喧嘩して私は用語について煩悶すること』という長いタイトルのおもしろおかしい短篇がある。このなかの「槌ツア」と「九郎治ツアン」の読み方がむずかしい。まず「槌」と「九郎治」という漢字が飛びだしてきて、目をうつ。それで、どうしても「つち」、「くろうじ」を先に読んでしまう。それに「ツア」「ツアン」をつけることになるのだが、なぜか「ツ」が「ア」と同じ大きさになっているので「ツ」も母音つきでしっかり発音したくなる。その結果、「ツチツア」「クロウジツアン」と、一語一語、くっきり読んでしまうのだ。しかし、これを実際に発音してみるがいい。何語なのかまるでわからない。私はイタリアの片田舎で途方に暮れている異邦人のような気分になってしまう。

もちろん井伏鱒二は小説のなかで「槌《つッ》ツア」「九郎治《くろッ》ツアン」とルビを振っている。これを発音すると漢字とカタカナの継ぎ目はとけて消え失せる。つまり「槌ツア」は二音節、「九郎

治ツアン」にいたってはたったの三音節なのだ。この事態は日本語のリアルな発音と漢字仮名交じり文、いや活字そのものとの敵対関係を如実に物語っている。特に方言を活字にして表現しようとすると、この敵対関係は容易にときほぐせるものではない。

そのつづきで私のごく小さな煩悶が始まる。問題は「ツアン」だ。「ツアン」は井伏の故郷の広島のみならず全国で「おッツアン」「おとッツアン」などとごく一般的に今でも使われている。「ツアン」はより正確を期せば「っアン」となると思う。しかしこの「っ」はもちろんtsuではない。地方地方で明暗の差はあると思うけれど、私の故郷、出雲では、何かくぐもった土の匂いのする暗くて深い促音である。とても活字では表わせない。井伏鱒二の「九郎治ツアン」はどんな色彩の発音なのだろうか、これだって、活字で読むのでは明確にはわからない。出雲弁や東北弁など訛りの強い言葉が母語にはなっても、母国語にならない理由のひとつにはこのような表記の問題があるのだろう。しかし、あえてガンバロウ。私は出雲の「ツアン」談義をする。

私の祖父は大正時代、バーナード・リーチが島根県の布志名焼きの窯元に来たとき、会いにいったらしい。ときどきリーチさんの話をしてくれたのだが、出雲弁の母語一本やりの祖父が「リーチさん」などと発音できるわけがなかった。祖父にとって、バーナード・リーチは「りっツアン」であった。「りッツアン」「りッツアン」と、何度も聴いているうちに、子どもの私の頭のなかでバーナード・リーチは手ぬぐいで頬かむりをしたお百姓に変身していったのである。

子どものころ、親しい間柄の男の子の名前を「〇〇さん」とか「〇〇くん」などと呼ぶのはほとんどなかった。たとえば光夫さんは「みッツァン」、哲夫さんも「テッツァン」、しかし宏さんは「ふろやん」、武さんは「たけっさん」等々、それぞれ、上と下の音韻の按配で言いやすいように、いろいろな言い方になっていた。そして、こういう呼び方のなかにいわば、遊び共同体の近しい、親愛の情がこめられていたような気がする。思い出すと、いがぐり頭の昭和二十年代の少年が次々浮かんでくる。

しかし、子どもの時代とちがって、大人社会の「ツァン」は親愛の情だけでは包みきれない。共同体の「うちわ」意識には階級のしばりが入ってくるようだ。さっきの井伏鱒二の小説でも、村議の槌五郎が村長の九郎治に「槌ツア」と呼ばれると、怒って食ってかかるし、村長は村長で「九郎治ツアン」と呼ばれれば機嫌が悪い。要するに二人とも、村のうちわではない、より高級で超越的で都会的な位置に立ちたいのである。しかし、井伏鱒二はふれていないが、村社会ではみんなが「ツァ」「ツァン」の平等社会では決してなかったはずだ。古くからの庄屋や大地主などの旦那衆には特別な呼称があったと思う。出雲では苗字のつぎに「〇〇の旦サン」という言い方があり、次の階級では「〇〇の親方」という言い方だったように思う。「槌ツア」

は因果なことに生まれ育ちが村社会には知れ渡っているから、薄荷相場で大もうけして、倉を立て、村会議員になっても「槌ツア」は「槌ツア」なのだ。封建的な身分制度を越えて、自由な経済活動ができるようになった明治、大正期の成功者はもともとの村社会での身分にからまる呼称が鎖のように本人をさいなむ。その矛盾が揉め事の始まりだったのである。

子どもが親をどう呼ぶかにも階級的なちがいがあった。鱒二は小説のなかで、地主層は「オットサン」「オッカサン」、村会議員などの顔役は「オトッツァン」「オカカン」、自作農は「オトウヤン」「オカアヤン」、小作人は「オトッツア」「オカカ」と四段階に細分化されている村の現状を述べ、子どもの自分がそのどこにもあてはまらない「ととさん」「かかさん」という古風な呼び方をさせられて煩悶するのである。

十代でこの作品を読んだとき、自分が「おとうちゃん」「おかあちゃん」と父母を呼んでいることにあらためて気づかされた。おお、これは鱒二の時代より先進的、しかし「おとうさん」「おかあさん」にまでいかないのは都会化に向かう過渡期なのか、などと考えた。ひるがえって、友だちが父母をなんと呼んでいるのか初めて意識的に耳を澄ました。親友が「オトッツァン」「オカカ」と呼んでいるのを今までなんとも思っていなかったのに、そのことを意識すると、急に胸がざわついてきた。昭和二十五年に小学校にあがった私は戦後民主主義教育の純粋培養っ子みたいなものだったから、何事につけても封建的なる事象を目の敵《かたき》にしていたのである。人間はみな等しく基本的人権をそなえて生まれてくる、という抽象的な真理を具体的に信じていたのだ。しかし、「オカアチャン」も「オカカ」も等価で、いつでも交換可能か、と自問すると、そうではないぞ、という実感が攻めよせてくる。私はどうしても自分の母親を「オカカ」とは呼べない。毎日そう呼んでいる友だちと自分のあいだに何が横たわっているのか、私は煩悶した。

「奥さん」という呼称にも階級格差があることを、私は中学時代、町の美容院で知った。そこの美容師さんは我が家のお手伝いさんの妹で、私にはとても親しいお姉さんのような存在だった。その人が言った言葉は忘れられない。

「普通なら『オカッツァン』てて呼ぶとこだども、わたしゃ、どぎゃん人が来らいてもみんな『奥さん』てて呼んであげえことにしちょうだけん、お客さんは喜んで帰らいよ」。

私の家では母は「若い奥さん」、祖母は「大きな奥さん」と呼ばれていた。映画やラジオでも「奥さん」は普通だったから、私はそのことをごく平均的なことと考えていたのだ。

「『オカッツァン』てて、だれのこと?」と、私はたずねた。

「ま、商売屋はだいたい『オカッツァン』だわね」と、そのお姉さんのような美容師さんは教えてくれた。

それ以来注意して聞いていると、私の耳にも「オカッツァン」が頻々として聞こえるようになった。互いに「オカッツァン」と呼び合っている商家の主婦たちのあいだにはある気安さと対等感が交流していたと思う。いわば下町ふうの空気があったわけだ。しかし、それはどこか異世界で、それを聴くたびに、私は覗き見をしているような不安を感じた。

それから十数年後、どんな前世の因縁やら、私は同じ町で「モリヤ薬局」という薬屋をいとなんでいる長谷川家の長男と結婚することになった。式を挙げて一週間ほどたったころ、義母がとりしきって、近所の商家のおかみさんたちだけを家に招待し、跡取りの嫁を披露するという、女だけの、ごくささやかな、しかし、そうとう古風な行事がとりおこなわれ、私は驚いてしまった。明治二十年代に建てられた、天井の暗い客間にめでたい屏風を立て、そこに五、六人の中年の主婦がややあらたまった面もちで、それなりに正装して集まった。互いに「オカッツァン」と呼び合う魚屋さんや呉服屋さんたちだった。私は和服を着て、手をついて挨拶をし、「オカッツァン」たち、ひとりひとりに酒をついでまわった。「以後、お見知りおきを」、といった感じである。そのときの光景はまるで映画のようで、自分ながら胸がドキドキしてしまった。私は「オカッツァン」になる通過儀礼を体験したのである。実に興味深い体験だった。

が、私たち夫婦は都会で暮らすことになっていたので「オカッツァン」にはなることはなかった。それを義母も近所のオカッツァンたちも承知の上だったはずである。なぜあの行事が必要だったのか、私はいまだに考えてしまう。思うに、義母は「オカッツァン」同士のつきあいのなかで子育てそのほか、いろいろ互いに助け合って暮らしていて、それをどこかで継承したかったのではないだろうか。今でも私は古今亭志ん生の落語、「芝濱」などを聴くと、ふるさとの町の「オカッツァン」暮らしのはるか延長線上のドラマのように思えて、懐かしいような、くすぐったいような気持ちになることがある。

「奥さん」と「オカッツァン」の二段階の話をしたわけだが、保守王国、出雲地方の封建的な上下関係は、とてもこんなものではおさまらない。上には上がある。

小学校のころ、盆暮れの忙しいときにだけ手伝いにきてくれるフミさんという若い女性がいた。この人は出雲平野の広大な農地を所有する不在地主の大奥様の身辺の世話をしたことがあり、そのときのことを何かにつけ、子どもの私たちに話してくれた。その奥さんのことをフミさんは「オコシッツァン」と呼ぶのである。小学生の私は「オコシ」は「お腰」に聞こえ、「お腰ツァン」とはなんたる呼び方、と、ずっと腑に落ちなかった。当時、私は貸本屋に通い、時代小説にはまっていた。ある日、時代小説に頻繁に出てくる大名の奥方の呼称、「お後室さま」と「オコシッツァン」とが稲妻が走るように脳裏で結びついたときの驚き。ヒャーッ、と叫びたくなった。

ともあれ「オコシッツァン」はもう確実に絶滅、「オカッツァン」も気息奄々である。出雲だけではなく、どんな田舎でも、既婚婦人はおしなべて「奥さん」で統一されてきたようだ。

親の呼び方も階層ではなく、日本全国、個々人の自由、「おとうさん、おかあさん」「パパ、ママ」が一般的だろう。私の親しい近所の若い夫婦は「とうちゃん、かあちゃん」を採用。かわいい、という評判である。私の息子は近ごろ、面とむかって「オカン」と呼ぶ。しかも、父親は「オトン」ではなく相変わらず「おとうさん」なのだ。いったいどこから「オカン」などという呼び方を仕入れてきたのか。正直、私は戸惑っているが、気が向くように、お気に召すま、である。

出雲でも言葉の上ではやっと四民平等の時代がきたのかもしれないが、実際は格差社会が着実に進行している。「オカッツァン」も消えたが、「オカッツァン」共同体も、国道沿いの大型店の進出で、おそらく消えていることだろう。

出雲弁も消えつつある。たまに帰省して、道端で耳をかたむけると、子どもたちの言葉は私の子ども時代とはうってかわって都会的になっている。消えゆく出雲弁を惜しむ心が同士をつのるのか、インターネットで「いずもべん」を検索すれば、出雲弁を愛する人たちの蘊蓄《うんちく》がずらりと披露されている。出雲弁能力ではだれにもひけをとらないと、内心自負する私も、パソコン上のひらがなの出雲弁には少々参った。ひらがなを出雲弁の発音に移し変えるのが一苦労なのだ。出雲弁は地面の下の鉱脈のようになってしまった。

しかし、私の母語は私の体内だけの宇宙でも、私の血とともに生き続けることだろう。私はそのことを日本語を話す人間として、かけがえのない財産だと思っている。

あの世の名前

「ことば・ことば・ことば」（「未来」連載時のタイトル）というタイトルには翼が生えていて、まるでドラえもんの「どこでもドア」のように時空を超えて、どこに降りたってもよろしい、というのが私にとってはまことによろしい。そこで、話は出雲弁から一転して、なんと、お墓の話になる。お墓といっても墓石や埋葬の仕方の話ではなく墓石に刻まれた戒名の話である。

所沢市という東京近郊の都市に住んで三十数年になる。引っ越してきた当初はまだまだ武蔵野の面影が残っていて、駅に行くにも畑や雑木林のあいだを行ったものだ。しかし、畑はどんどん宅地になり、宅地のすきまに残る農地はまるで円形脱毛症のようなありさまだ。その農地のわきに墓地がぼちぼちと残っている。さすがに墓地には安易に手がつけられないのだろう。

さて、私は歩きながらキョロキョロする癖があり、通りすがりの野の植物、他人の家の門灯のかわったもの、大きな庭木など、目につくものは何がどこにあるか、たいていは覚えている。

その悪癖が道端の墓石にも及んでしまい、あるとき墓石に刻まれた戒名が眼に飛びこんできて電撃に打たれたようになってしまった。

その戒名は「紅顔温容童女」。見たとたんに私の想像力はぐるぐる回りだした。いくつでなくなったのだろうか。健康だった子の突然の死だったのではなかろうか。はにかみながら微笑む田舎の少女の、ちょっと寒さでひびの入った、りんごのような頰が浮かんでくる。墓石から女の子の生前の面影が彷彿《ほうふつ》とするのにびっくりしてしまった。

もうひとつ私の心を打った戒名は、出雲の実家の墓のそば、猫の額《ひたい》ほどの墓所に高さ五十センチほどのかわいい石塔がひとつあり、そこに刻まれていた。その名は「幻秋嬰児」。石塔のわきには長いあいだ、パトカーのミニカーが供えられていた。墓参のたびに私は立ちどまって小さな小さなパトカーと「幻秋嬰児」という名前を見つめた。「幻秋」と「嬰児」の組み合わせが悲しくて胸がしめつけられる。声にならない親の慟哭が聞こえてくるようだ。あとになって、いろいろ墓石を探索し、「幻」は「寂」とひとしい意味で戒名に頻出することがわかったけれど、それでもやはり「幻秋」は美しいと思う。この四月も墓参りのあと、この墓石の前にたたずんだ。思いは変わらなかった。

この二柱の戒名だけだったら私の戒名への興味はそれまでだったにちがいない。ところが数年前、私は幼児の戒名群におそわれたのである。ある秋の日、友人とふたりで、飯能市の天覧山から宮沢湖へのハイキングを計画した。ところが、のんきな私たちは天覧山への登り口がどうしても見つからず、ふもとで一時間近くもうろうろとさまよい、とある寺の境内に迷いこんでしまった。墓地のなかの道ぞいに古い小さな石塔が何十もならんでいた。それはどうやら江戸から明治にかけての墓で、主として子どものものが多かった。崩れそうになっているのもあったが、判読できるものもたくさんあった。通りすがりの予期せぬ出来事だったから、はじめは、ただただ目を走らせるだけだったのだが、読んでいるうちに私の足は卒然と、止まってしまった。墓石の奥から、親に愛された、たくさんの子どもの顔が、死という厳然たる垣根を越えて、美しくゆらめいてたちのぼってきたのである。通り抜けたときには「あはれ」というタイトルの幻の古典を読んだような気持ちで、しばらくぼーっとしてしまった。「こんな時代、子どもの戒名は親がつけたのかしら。あまり仏教的な感じがしないわねえ、日本人的な感性が作った名前のよう気がする」友だちにそんなことを言いながら、墓地を抜けて、私たちはやっとこさ、本来の登山道にたどりついたのだった。

なぜだろうか、そのときの体験は何年たっても色あせず、あの戒名群をメモしてくればよかった、という悔いが、ずっと私の心の隅に居すわって去らなかった。去年の秋、この連載を始めるや、たちまちあのときの悔いがぐっと鎌首をもたげて、わたしをつつくこと、つつくこと。とうとう、矢も盾もたまらず、私はもう一度友人をさそって、あの寺を訪ねてみる決心をした。

もの好きな私に友人は快くつきあってくれた。

寺は能仁寺というかなり大きな禅寺であった。明治維新のとき、上野で討滅された彰義隊の敗残の兵が、この寺に落ちのびてきたことを伝える史碑が本堂の前庭に立っていた。さて、私は墓地に入り、あの小さな石塔の並木をさがし始めた。が、見つからない。歩いても歩いても、ない。墓地のどのあたりだったのか、私の記憶は白紙同然で、なんの頼りにもならないのだ。今度は他人様の墓のあいだを迷い、さまようありさまになった。さまよいながらも古い石塔の戒名に眼をやり、一、二、書きとめた。最後に墓地の入口にもどり、あっと叫んでしまった。わからないはずだ。道ぞいに並んでいた小石塔は、片側の斜面にまるで団地のように段を組んできちんと積み上げられていたのである。顔だけがのぞき見える、記念の集合写真のようなやり方で整理されていたから、石に刻まれた戒名は前の人の体、いや、墓石に隠されて、とてもじゃないが読みにくい。当惑してしまったが、ままよ、と、墓団地の斜面のわきを、年甲斐もなく、強引に登って、わきから覗きこむようにして読めるだけ読んだ。「すまん、すまん」と、お地蔵さまの肩に上った、「地蔵浄土」の話に出てくるじいさまの心境だった。

ここで収集した私の好きな戒名を、いくつか挙げて、自分勝手な思い入れで、コメントをつけてみる。

海眠童子…海のような眠りを眠るのだろうか。深遠かつ豪快な眠りを眠る子。

素秋童子…錦繍の秋ではない、単純素朴な秋。素秋とはいい言葉だ。

心苗童女…心の苗。これから田に植えられ、秋の稔りが待たれていた心の苗。

繊月童子…広辞苑によれば三日月のことを繊月《せんげつ》というらしい。三日月という言葉では月は動かない。しかし、繊月は夕闇迫る西の空でわななき、ふるえている。

梅霖童子…霖は三日以上続く長雨。霖霖と降るのは、平ったく言えば、しとしと降ることらしい。白梅にやわらかくそそぐ春の雨。悲しみはしずかに癒される。

蝶周童女…「蝶よ花よと育てた娘」というのは嫁入りのときの長持ち唄の決まり文句。子どもの魂はほんとうにチョウになってあたりを飛び回っているようだ。

夏光童子…仏教では光は仏の救済や悟りを意味する。金剛遍照の光に季節があるのは理屈の上では変だ。この子はきっと夏に逝って仏になったのだろう。赤痢とかそんな病気であっという間に夏の光のなかに消えていったのだろうか。夏というだけで自然の光が差し込んでくる。

寒光童子…これは前者とは対照的に、大寒の季節になくなったのだろうか。あわれがまさる。

ところで、私は、仏教にろくな知識もなく、墓石に刻まれた文字だけにこんな感情移入をしているうち、だんだん不安になってきて、戒名の実態について知りたくなった。そこであらためて広辞苑をひいてみた。戒名とは受戒の際に出家、あるいは在家信者に与えられる名で、本来、生前に与えられるものであるが、中世末期から死者に対して与えられるようになったと、ある。さらに、私がいつも頼りにしている小学館の『日本語大辞典』をひくと、「和訓栞」に、死者への戒名については仏典になんの根拠もない、と書いてあるらしい。とすると、日本独特のことらしい。中世末期にいったいどんなことが起こったのだろう。戒名の習慣はどんな人々から始まり、どういう過程を経て、一般庶民にまで及んだのだろう。その時期、日本人の死に対する意識がどう変わったのだろうか。そこまで考えると、それ以前のお墓のことまで気になってくる。中世以前の庶民のお墓はいったいどんなありさまだったのだろう。

そんな疑問が相次ぐなか、私は地獄極楽の仏教の世界観を思い出し、首をかしげたくなった。考えてみれば戒名とはおかしなものだ。死んだらみんな戒名をもらって、仏様にほめられるのだから、嘘をついたら、地獄の閻魔様に舌を抜かれるぞ、という脅迫は子どもだましにすぎないことになるではないか。日本の仏教のいいかげんさに、いまさらながら笑いがこみ上げてきた。桂米朝の落語「地獄八景」をもとにした絵本、『じごくのそうべえ』(田島征彦　童心社)なども思い出され、わからないことだらけだけど、原理主義とはほど遠いその感覚を、いいなあ、と私は思ってしまう。

さて、このテーマで書くことにしてから、ほかの寺にも行ってみたくなった。そこで、先日、谷中の墓地にでかけたのだが、そこで意外な落胆を味わうことになったのである。谷中の墓地といえば、東京近辺では由緒あるお墓の一等地。墓地はせせこましく分割され、どこも家ごとに墓石は一基にまとめられ、故人の名は石の横にならべて彫られている。明治末期から平成までの名がほとんどで、江戸時代のものは皆無にひとしかった。さらに、戒名はやけに真面目で画一的。子どものものでも、幻、露、善、妙、浄、蓮、智、真、香、などが多く、それに俗名の一字を取りいれる、というのが常套手段らしい。わざわざ書きとめたいような名前は少なかった。ひるがえって、あわれにも美しい戒名が多かった能仁寺の墓石を思い起こすと、みな無縁になった古いもので、わたしのメモによると宝暦（一七五一―一七六四）、明和、天明にさかのぼっている。だれも世話をするものもない墓だから、「三界万霊」ですまそうと思えばすませるのに、よく廃棄せず、残したものだと、いまさら感心してしまった。団地のように積み上げてあったのを悔やむのは、私の勝手な都合で、ぜいたくというものだろう。

例外はあるにしろ、なぜ江戸時代にはあんなに自由に、みずみずしい季節感をまじえて、戒名をつけることができたのだろう。あの寺、独特のことなのだろうか。それとも一般的な傾向としていえるのだろうか。当時、和歌、俳句が庶民の文学の主流であったことと関係するのだろうか。そんな疑問も私のわずかな探索では何の結論も出ない。

とまれ、私には、お寺の奥様になった親友がいるので戒名について電話でいろいろ質問をしてみた。彼女は浄土真宗の門徒で、戒名とはいわず、法名というらしい。檀家の死者の法名は住職が仏典のなかから字を選んでつけるとのこと。私は能仁寺の子どもの戒名の話をし、「考えてみれば江戸時代、庶民がお寺さんに頼んで、子どもの戒名に親の気持ちを反映させるなんて、ありえないわね」というと、彼女は言った。「昔は寺の和尚さんは人生相談そのほか、なんでもひきうけ、村の精神的な支柱だったでしょう。それに、どこそこのなにがしがどこに嫁にいき、いつ子どもができた、どの子がなくなった、そんなことを和尚さんは手にとるように知っていることが多かったと思うわよ。だから親が直接、関わらなくても親の気持ちはよくわかったんじゃないかしら」と。

しかし、村落共同体の崩壊とともに、寺のそんな役割は、よほどの努力とエネルギーのない限り、今ではどこでも希薄になっている。それでも、死者の弔いは仏教式で、という人が大多数だ。戒名をあえて拒否する遺族はごく少ないだろう。一字、いくらなどと、露骨に現金な話が巷ではささやかれている。ブランド品を買うように戒名の字数にこだわる人は、そこで使われる漢字の姿、品格に気を使うということはないのだろうか。名誉の誉の字とか岳とか聖とか、そんな字は格が高いから、値がはる、などという漢字格差があるのかしらん、などと考えてしまった。なんでも商品になるのだから、漢字が商品になってもおかしくない、戒名用漢字カタログなどが出回るかもしれない。墓石を見てマージャンのパイを数えるように、こいつは高い、などと計算したりして……、想像するとブラックな笑いがこみあげてくる。末世とはこのことだ。

それでも私の心には、なくなった子の父母が和尚さんと向かい合って、何がしかの思い出と供養にと、美しい名前をつけてもらった位牌を抱いて涙している図が、歴史の残像のように残っている。

漢字が想像力に及ぼす力はあなどれない。戒名も小さな文学ではないかとひそかに思っている。

追記

さて、この章にはどうしても書き添えなければならないことがある。

この文を読んでくれた友人で、中国古典文学を専門に研究なさっている山之内正彦氏の指摘に私は自分の無知と教養のなさを思い知った。汗顔の至りとはこのことである。しかし、一方で私は無教養であることの、つまり、故事来歴を知らぬタブラ・ラーサがひきおこす漢字現象のおもしろさにもあらためて気づかされたのである。が、ともかく、山之内氏に教えられたことを私はここに書く。

問題は「素秋」、「梅霖」、「蝶周」の三つ。

中国の思想、五行説にもとづいて季節には色が配され、春夏秋冬はそれぞれ、青春、朱夏、白秋、玄冬、とされる。「素秋」はこの「白秋」と同じ意味。つまり、「素秋童子」は、単純素朴な秋、などという意味ではなく、「白秋童子」と言いかえてもよく、白い秋のわらんべ、なのである。

「梅霖」。これがいちばん、汗が出る。梅霖は白梅のころの長雨ではなく、梅雨のこと。春ではなく、今でいえば、六月なのだ。

「蝶周」は『荘子』に出てくる逸話にもとづく。荘周が夢のなかで胡蝶になり、目覚めて思う。自分が夢のなかで蝶になったのか、それとも蝶のほうが今、夢を見ていてこの自分になっているのか、ああ、わからない、わからない、と。転じて、「胡蝶の夢」は人の世のはかなさを言うたとえに使われる。

さて、このことを教えられて、私は正直、恥ずかしかった。しかし、と、私はあの墓石を求めてさまよった自分の素なる感性を思い起こす。もし、初めから私にこのような知識があったら、この一文をつづる意欲が湧いただろうか。素秋が白秋と同じで、五行説による色彩分けと、ぱっと分かったら、私の想像力はきっと、それどまり、寺の和尚さんの漢文の素養の幅を思っただけかもしれない。「素秋童子」という戒名を見たときのあの感動はいったい何だったのだろう。今、素は白に同じ、と教えられてみると、なるほどと自分の無知を恥じる気持ちと同時に、ほんとうに素と白は数学のように等価で置換可能なものなのか、どこかしら微妙なちがいはないだろうか、という疑問も湧いてくる。そこで私は漢和辞典をひいてみた。

「白」は黒に対する「白」、それから、空がしらむ、明るくなる、という動詞的意味、そのほか、けがれないとか、物事がはっきりしているとか、なにもない、飾りがない、などの意味がある。「素」の方は、はじめ、もと、加工前の生地のまま、平素から、地のまま、などという意味がならんでいる。ふたつの共通項をとると、けがれない、純粋な、といったところだろうか。

それにしても古人はなぜ秋を白と見たのだろう。どこまでも高い透明な空を白と見たのだろうか、いやいや、古人には私たちが量りえない別の観念が働いていたのかもしれない、などと私の思いは動揺する。が、自分の感覚に正直にいうと、白は大空と関係する意味があるけれど、素は物そのものに即しているように思える。白秋には大気が感じられ、素秋には自然の草木が感じられる、とまたまた勝手な想像力が働き出す。今でも「素秋童子」という漢字をじっと見つめていると、心が揺さぶられる。「白秋童子」と同じといわれても、どこか飲みこめない気持ちが残る。「素」という漢字には教養を超えて、それ自体が放つ本質的な力があるように思えてならない。そして、「白」には「白」の力が別にあるのだと思う。

「蝶周童女」にしてもおなじこと。これが直ちに「荘子」の「胡蝶の夢」からきた戒名であると、わかったら、見た瞬間のあの新鮮な感動はなかっただろう。私はこの四文字の「蝶」と「女」を結びつけてしまったのだ。そこから「周」は「荘周」の「周」とはまったくちがう役割を果たしてしまった。やっぱり、漢字はおもしろい。無教養な私に教養や知識を超えて、一字、一字、働きかけてくる力がある。漢字の力は変幻自在、海の波のようだ。私のまちがいも、また、おかし。呵呵。

「さよなら」をめぐる小トリップ

私は小津安二郎の映画が好きでビデオやＤＶＤでくりかえし見ている。十回以上見ると、しまいには、見るというより空気のように映画を吸っている。台所で立ち働いているとき、音楽をかけるように小津の映画をかける。ちょっと体をずらして視線をやれば画面は見えるのだが、炊事しながらだから、ほとんど映像は見ない。聴覚で音や声や沈黙をさとり、場面の雰囲気を感じている。小津映画の気配は音だけでも部屋いっぱいに満ちる。私はその気に包まれて、ゆえ知らずやすらぐのである。しかし、いやおうなく見たい場面がくると、包丁を投げだして画面を見に行く。『麦秋』の冒頭、犬が一匹、人気ない湘南海岸の波打ち際を、自らの孤独を意識することなく、とことこと横ぎる場面、『お茶漬けの味』で汽車が轟音とともに鉄橋を渡る場面などは、毎回台所をはなれてしまう。見るたびにどきどきして、あきるということがない。

さて、このエッセイは映像を語るものではないので、軌道を修正しよう。耳をすまして小津

の映画を全身で浴びていると、昭和二十年代から三十年代初頭の人々の会話が、小津独特の口調をさしひいて考えたとしても、現代とはずいぶんちがうことを随所に感じる。

たとえば「さようなら」という言葉。映画のなかで若い友人同士が、なんのことはなく「さよなら」といって別れるのが、このごろ、新鮮で美しく感じられて仕方がない。あの時代、「さよなら」という言葉は普通に自然に使われていたのだ。ひるがえって考えると、近頃、私たちは「さようなら」といわなくなった、という思いがしきりにする。若い人たちはとくにそうではないか。電車の中でも街角でもたいてい「じゃあね」とか「またね」ですましている。「さよなら」といったとき、さっと流れるあの涼やかな風はもう忘れられてしまったのだろうか。

そのことに気づいたら、友人から聞いた「さようなら」にまつわる興味深い話を思い出した。ある外国人が「さようなら」という日本語の別れの言葉が「そうならねばならぬのなら」という意味であることを知って、深く感動したという話である（ある外国人、などとあいまいな主語で話を進めるのはいやだけれど、今のところ、致し方ない）。さて、その外国人は、日本語の「さようなら」の底には、お互いが別れの必然性を納得する静かな諦念が流れていて、そこに、心打たれたのだという。その話を私に聞かせてくれた友人は、スペイン語やフランス語が達者な編集者M氏だった。今から十年以上前、とある喫茶店で彼は私にその話をしてくれたのだが、私にはそのときのM氏の口ぶりまで耳の底にはっきり残っている。この外国人の「さようなら」

に対する感懐は、長くイタリアに滞在し、翻訳やエッセイを書いた須賀敦子という人の本に書かれている、とM氏はいった。私はそのとき初めて須賀敦子の名を聞いたのである。

私はこの小文で「さよなら」について書こうと思い、須賀敦子の著作にあたって確かめたくなり、M氏に電話をかけた。

「十年くらい前、Mさんにきいた『さよなら』の話、須賀敦子のなんという本のなかに出ているのか、知りたいんだけど」

ところが彼は

「え、えーっ、そんな話、したっけ。まったく覚えていない。ショックだなあ」

わたしが電話口で絶望しかけると、親切なM氏は

「同僚に須賀敦子の熱烈なファンがいるから、きいてみます」

それから一週間とたたないうちに、M氏から電話がかかってきた。

「あれは『遠い朝の本たち』という本で、しかもやっかいなことに須賀敦子の直接の体験ではなく、彼女が読んだ本のなかの話なんですよ。それがね、ほら、飛行機で初の大西洋横断をして有名なリンドバーグの奥さんが書いた本で、戦前、日本語に訳されたんだけど、須賀敦子も読んだのが子ども時代のことで、タイトルも訳者もはっきりしないらしいんですよ」

今度は私が「え、えーっ、ショック」と言う番だった。私は『遠い朝の本たち』を読んだの

である。それなのに「さよなら」の話に気づいていない。覚えていない。いったい人間の記憶ってどうなっているんだろうか。

ここでいうのは唐突であるが、『遠い朝の本たち』は、私には、どこか、死の予感にみちた、冷たいすりガラスの光のような文体で、読んでいると、行間から死相がにじみ出るようで怖かった。私はその光を浴びないように顔をそむけながら読んだ。そんな読み方をしたら、覚えてないのも無理はない、などと勝手な自己弁護をしながら、本棚からとり出し、その部分をさがし出してもう一度、読んだ。それは「葦のなかの声」という章で、私の曖昧な記憶のなかの〈ある外国人〉はアン・モロー・リンドバーグという女性だった。彼女が「さよなら」について書いた本は“North to the Orient”というタイトルであることがわかった。私はアンの著作をインターネットで検索してみることにした。

あった、あった。なんと、私が求める本は『翼よ、北に』(みすず書房)というタイトルで二〇〇二年に新訳が出版されていたのである。私が『遠い朝の本たち』を読んだのは須賀敦子がなくなった一九九八年。たとえそのとき「さよなら」に関心を抱いたとしても、とてもアンの原著をもとめて英語で読む気はしなかっただろう。それが今、日本語で読める。時の流れの偶然、運命の女神は私に微笑んでくれた。図書館にあることがわかってうれしかった。私はわくわくしながら自転車を走らせ、図書館に急いだ。

この本はアンの意志的で、飾り気のない、初々しい感性にみちた旅のエッセイである。一九三一年、アンは夫とともにニューヨークから空路を北にとり、北極圏から東洋にいたる飛行を試みた。彼女たちは帰路、上海から船で日本の南端へ、そこから汽車で横浜へ旅をし、港や駅でかわされるたくさんの「サヨナラ」の声をきいた。彼女は「サヨナラ」という日本語の別れの言葉への思いを、日本人には届きえぬ視線で、まるで空から日本語を見るように語っている。引用しよう。

「サヨナラ」を文字どおりに訳すと、「そうならなければならないなら」という意味だという。これまで耳にした別れの言葉のうちで、このようにうつくしい言葉をわたしは知らない。Auf Wiedersehen や Au revoir や Till we meet again のように、別れの痛みを再会の希望によって紛らそうという試みを「サヨナラ」はしない。(中略) けれども「サヨナラ」は言いすぎもしなければ、言い足りなくもない。それは事実をあるがままに受けいれている。人生の理解のすべてがその四音のうちにこもっている。ひそかにくすぶっているものを含めて、すべての感情がそのうちに埋み火のようにこもっているが、それ自体は何も語らない。言葉にしない Good-by であり、心をこめて手を握る暖かさなのだ——「サヨナラ」は。

私はこの文を読んで立ちつくしてしまった。ここにあるのは日本語の「さよなら」の真実の姿ではなく、アンの独特の思惟である。いってしまえば美しい誤解だ。私たちはアンが異邦の人であるからこそ、その誤解に心打たれてしまう。「さよなら」を「そうならなければならないなら」と訳して伝えた人はどんな人だったのだろう。考えてみれば不思議な文化使節の役をはたした人である。

「さようなら」はもともと意味からいえば、たとえば宴会の席で「それでは、そろそろお開きに」というときの「それでは」と同じで、いたって軽く、意味などないような言葉だ。立ち際の呼吸を整える間投詞のようなものである。「さよなら」は「さようなら」、もっと古くは「さらば」である。ためしにまた辞書でひいてみると、「さらば」の第一の意味は「先行の事柄を受けて、後続の事柄が起こることを示す（順態の仮定条件）、それならば、それでは」とある。宴会の例をひいた手前、思わず笑ってしまった。が、とにかく、「それでは」だけでは意味としては中途半端。つまり「さよなら」のあとには「ごきげんよう」とか「お元気で」とか「また会いましょう」とか「おいとまします」とか、そんな言葉が省略されていると考えるしかない。かなり古い時代から省略があたりまえになって、別れの言葉として独立している。別れの言葉としての「さらば」の用例は辞書を見ると、伊勢物語や源氏物語にすでに出ている。最近の「じゃあね」も結局は「さらば」と同じ、「先行の事柄を受けて、後続の事柄が起こることを示す」もので、言い方はちがっても、中身はまったく変わらない。伝統とはこういうものかと、感に堪えてしまった。

しかし、と、私はアンの思惟に応えて考えてしまう。なぜ、日本語は「さよなら」に続く、肝心の言葉を省略してしまうのだろうか。いろいろ考えているうちに、別れの際の日本人の顔が浮かんできた。相手の顔をなるべく見ないで「さらば、むにゃむにゃ……」といって立つのである。私はここで突然、良寛の「戒語」九十ケ条というのを思い出した。晩年の良寛のガールフレンド、貞心尼がまとめたもので、日常の対話や会話で、してはならないことが箇条書きにして残されている。そのなかに「顔をみつめて物をいふ」というのがあるのだ。それを読んだときは驚いた。物を言うときはきちんと相手の顔を見て言う、というのが今の私たちの常識的なマナーではないか。それなのに良寛は正反対のことを言っている。良寛と貞心尼は互いに顔を四十五度にそむけ、うつむきかげんに、ぼそぼそと会話をしていたのだろうか。きっとそうだろう。普通の会話でさえそうなのだから、別れという、互いの場をしらけさせる行為に伴う言葉をあからさまに相手にむけるということは、たとえ、相手を思いやる内容でもむにゃむにゃとなってしまうのは当然だろうなあ、と良寛の戒めを思いつつ、日本人の「さよなら」の起源が少し納得できるような気持ちになってきた。それに「さよなら」のあとを続けようとしたら、相手次第でものの言い方がちがう日本の敬語文化が、ことをより面倒にするではないか。

「さよなら」なら体を起こす掛け声のようなもので意味がないのがむしろ好都合、他者と向かい合ったときの日本人の身体の逃げ腰のマナーが「さよなら」をつくってきた、といっても言い過ぎではないだろう。考えてみれば、日本語は逃げ腰にみちみちている。目の前の相手のことを「あなた」、つまり「遠いほうにいらっしゃる人」というのだから、それを聞いたら、アン・モロー・リンドバーグはいったいどう思うだろうか。アンにもう一度「あなた」に関するエッセイを書いてもらいたいくらいだ。

けれどもアンの思惟は全体としては誤解であっても、ところどころあたっている。「さよなら」が無意味であるからこそ「すべての感情がそのうちに埋み火のように」こめられるのはほんとうだ。恋人同士や友人同士の「さよなら」は、ときとして深淵をのぞきこむほどの奥行きがあり、欧米語の別れの言葉ではとうてい尽くせないものを尽くす。省略という東洋の作法へのアンの直観力にはすごみがある。そして「さよなら」の器の深さが人々に意識されるようになって、「さよなら」は使われなくなってきたような気がする。「じゃあね」とか「またね」のほうがよほど気軽で、安心だ。「さよなら」は人生の曲がり角で交わされる切なく、美しい言葉になって、詩や歌の世界で生きるようになってきた。ためしに私は家にある『魂のフォークソング大全集』というずっしり重い本をざっと見たら、二十曲に一曲は「さよなら」が歌われている。

アンが日本を旅した頃、日本中に「さよなら」の声が響いていた。「さよなら」が日常、あたりまえだった時代を私は覚えている。子どもの頃「さいならっ」といって友達の背中をたたいて別れた夕方が懐かしい。「さいなら三角、またきて四角……」と歌いながら家路につくこともあった。小津安二郎の映画から流れてくる友達同士の気軽な「さよなら」「さよなら」は音が美しい。今の私には一陣の涼風のように聞こえる。「じゃあね」がのしあがって、「さよなら」の位置を奪っても、あの音の美しさを継ぐことはないだろうと思うと、ちょっぴり寂しくなる。けれど、自分だって気がつけばもう「さよなら」は言わなくなっている。

「さよなら」よ、さようなら。

『美術の物語』の翻訳チーム誕生まで

翻訳大旅行1

E・H・ゴンブリッチ著『美術の物語』（ファイドン）が二〇〇七年一月、刊行され、私たちの長い旅は終わった。私たちというのはこの本を共同で訳した八人のメンバーのことである。正直いって、原理的には一人で翻訳するほうがらくだと、みんなが思ったことだろう。しかし、こうなるには、いかんともしがたい歴史的必然性があったのだ。今回は、八人が翻訳にたどり着くまでの旅路を語ろう。それから、翻訳という言語のアクロバットの実態、さらには日本語の書き言葉の現状についてふれようと思う。しかし、その部分は次章になる。まずは、日本ではあまり知られていないこの本の紹介を。

E・H・ゴンブリッチ（一九〇九―二〇〇一）はウィーンで育った知識階級のユダヤ人。両親は作曲家マーラーの友人だったらしい。一九三六年、イギリスに移住。以後、イギリスで研究生活をし、その深く広範な学識によって尊敬を集めた。人間が目で見たものを二次元の絵に描くということはいったいどういうことなのか、心理学や動物行動学を視野に入れた考察『芸術と幻影』をものしたりして、美術を論じる独自な方法を展開した。しかし、なんといっても彼の大きな仕事は若い人たちへの愛情あふれる真摯な〈知〉への誘いにあると思う。日本でも訳された『若い読者のための世界史』（中央公論美術出版）は、まだウィーンにいるころ書かれたもので、『美術の物語』の精神的前身のようなもの。世界史といっても西欧中心の歴史だが、先史時代から二十世紀初頭まで、兄である著者が妹と思《おぼ》しき少女に語りかける。彼が説きあかす歴史は、イメージが豊かで独特のぬくもりがある。目の前に若い人がいるかのような語りの態度を実に自然にもっているのだ。若い人の体験や知識をおおらかに包みつつ、いつも次のエキサイティングな言葉を用意している。

『美術の物語』（原題“THE STORY OF ART”）は戦後まもない一九五〇年に初版が出た。ゴンブリッチは青少年のための道案内として美術の歴史《ヒストリー》ではなく、物語《ストーリー》を書いてくれた。古代エジプトから現代に至る美術の流れが、時系列の知識の羅列ではなく、壮大な人間精神の苦闘と変転の物語になっている。社会状況の変化の波をかぶる時代時代の美術の作り手たちの創作意欲の内的必然性が探られ、その結果としての作品がほとんど各ページにわたって、美しい図版で示されていく（解説と図版は同じ見開きにあり、読者はあたふたとページをめくる必要はない）。美術の作り手たちは、社会の要求の変化に対応しつつ、前代の偉業を見つめ、新たな作品へと向かう。しかし、それは決して単純な進歩ではなく、製作はつねに新たな問題を抱えることになる。しかもひとつの問題の克服は同時に既得の別の価値の喪失という運命を抱えているといってもいい。その葛藤と結果の連続が『美術の物語』なのである。ゴンブリッチの考察は作品に即してゆきとどき、彼の目についていくと作品の核心の部分にドアが開き、そこから奥へ奥へと引きこまれていく。読んでいくうちに、絵を描いたり、ものを飾ったり、彫像を彫ったり、教会や邸宅などを建てたりしながら、つねに、なにものかを希求している人間という存在の不思議さと大きさ、ときには滑稽さが、ダイアモンドカットのように次々と浮かんできて、あきることがない。

欧米では美術史は教養の基本であり、この本が青少年のための最良の教科書として六百万部も出ているときいていたが、日本の若者の状況を考えると、もうひとつ私にはピンとこなかった。世界でどんなふうに読まれているのだろうと思っているとき、私は『草原に雨は降る』(シェイラ・ゴードン著　ぬぷん児童図書出版)という一九八七年に書かれた児童文学のなかで、不意に『美術の物語』に出会い、「おお、そういう広がり方をしている本なのか」と、心のなかでうなずいてしまった。

『草原に雨は降る』は、まだ悪名高きアパルトヘイトが支配していたころの南アフリカが舞台。白人の農場で両親といっしょに働く貧しい黒人の少年、テンゴが主人公。テンゴは粘土で生き生きとした動物の像をつくって大人を驚かせる。彼はありとあらゆる事象に「なぜ?」と問いかける清新な好奇心の持ち主で、母に字を教えてもらい、本に飢えている。やがて、白人を含むさまざまな人の援助で首都ヨハネスバーグの高校に通い、大学入試を目指すようになるが、日常は理不尽な黒人差別にあふれている。過酷な弾圧を受けながらも盛りあがっていく反アパルトヘイトの運動は彼を安穏な世界にとどめてはおかない。ついに決心して運動に参加する。家を出るとき、緑色のナイロンのザックに入れるたった一冊の本、それがゴンブリッチの『美術の物語』なのである。

この本の作者、シェイラ・ゴードンは南アフリカで生まれ、その地で教育を受けた白人の女性。のちにイギリスに移住している。テンゴに『美術の物語』をもたせた彼女はいったい何を託したのだろう。考えているうちに、この三月、百歳の誕生日を迎えた児童文学者の石井桃子さん(二〇〇八年四月に百一歳で逝去)の言葉を思い出した。彼女はあるインタビューに答えて「戦争と平和は、まるで回り灯籠のように、何千年も前から何十年かの周期で交互にやってきます。どうしたら平和のほうへ向かっていけるだろう、と、人間がしている命がけの仕事が『文化』なのだと思います」と、言っている。文化って何なのか言うのはむずかしいけれど、シェイラ・ゴードンが『美術の物語』に託したものと、石井桃子さんが「文化」という言葉に託したものは同じもののような気がしてならない。そして、ゴンブリッチ自身もディディエ・

エリボンという若い学者との対話のなかで、自分がユダヤ人であることを否定はしないが「民族や宗教を強調されるのはかなわない。ナショナリズムや排外主義はどんな形であれ、不幸な脱線なのだから」と答えていたのも思い合わせてしまった。大げさかもしれないが、言ってみれば、美術は民族や国境を越え、人間そのものに属することであり、美術を考えることは、人間の普遍性にたどりつくひとつの確かな道なのだと思う。

さて、文化という言葉は伸縮自在の風呂敷である。ここからは風呂敷を小さくたたんで、机の上にのせ、私たちの翻訳物語を始めよう。まず、ロシアの長篇小説にはさまっているしおりみたいに、私以外の訳者メンバーをここに紹介することにする。あいうえお順である。もちろん、敬称略。

天野衛……塾や予備校の講師を数十年、続けてきた。社会的には終生「無用者」をモットーとする日本の中世知識人の末裔。翻訳に傾けた驚くべき情熱は、一念発起して京に上る「ものぐさ太郎」のようであった。

大西廣……日本美術史研究家。大学教授。十年近く、ニューヨーク、メトロポリタン美術館、日本部門のキュレーターをつとめた。問題意識の大胆さと深さで人を魅了する。雪舟を愛しているが、彼の愛は烈しすぎて、愛の告白はまだ上梓されていない。

奥野皐……高校の国語教師。現代の若者に向き合い、文学のおもしろさをどう料理して伝えるか、いつも四苦八苦して考えている。旺盛な好奇心で翻訳に食いつき、多忙な日常のなか、すっぽんのような意地で初志貫徹。ついでながら私とは姉妹の仲である。

桐山宣雄…予備校の数学教師。科学哲学やヴィットゲンシュタインを語らせると夜が明ける。昼は寡黙にして人々の議論の海に潜行し、ときどき論理の綾が途切れると、イルカのように浮上して、それをつなぐ。

長谷川宏…今まで日本では棲息しにくいと見られていた《哲学者》。ヘーゲル哲学の翻訳革命を果たしたともいわれる剛腕の持ち主。一方で偏差値とは無関係の塾を経営し、勉強嫌いの子を籠絡している。ちなみに私は哲学者の妻、クサンチッペである。

林道郎……モダン・アートを中心にものを考えている美術史家。大学教授。かって某百貨店に勤め、ニューヨーク展開を果たすべく渡米。バブルがはじけて、百貨店は展開せず、彼自身が美術史に向けて大転回。アメリカの大学で博士号を取得した。

宮腰直人…大西廣の気まぐれにして厳しい薫陶を受けた日本美術史の若き研究者。このチームでは最年少。しこしこと資料に向かい、誠実な仕事をする。翻訳にいそしんでいる頃は市役所の水道課でアルバイトをしていた。今は大学の講師。

このうち四人、大西、天野、ふたりの長谷川は東大全共闘のユニークな一派、文共闘の残党である。文共闘は文学部の学部、大学院を貫くノンセクトの組織で、さまざまな個性が粒だって、押し合いへし合いする、妙に明るい集団だった。闘争が終息し、大西は大学に残ったが、当局の嫌がらせもあって、彼の学問的営為は孤立した。私は保育士になり、天野、長谷川は子ども相手の学習塾をそれなりに楽しんでいたが、仲間とひとつのテーマで議論を交わす熱い時間を求めていた。何がきっかけだったのか、記憶がはっきりしないが、とにかく大西廣を中心に、長谷川の家で月一回、美術史の本を原書で読む読書会が始まった。一九七〇年代、半ばのことである。テキストは大西廣が選んだ。あいだで寄り道をして、ほかの本もいくつか取りあげて読んできたが、結局、読書会の柱はずっとE・H・ゴンブリッチの"THE STORY OF ART"だったのである。

その当時、私たち読書会のメンバーは美術に関しては大西以外、ほとんどが素人、しかし、美術好きにかけては誰にもひけをとらない。おまけに議論好きときている。そんな私たちの勉強マラソンにこの本ほどふさわしい伴走者はなかっただろう。いや、ゴンブリッチ先生も実際、私たちといっしょに走っていた。彼は一九五〇年に初版を出して以来、精力的に改訂版を発行、表紙の絵も次々変わり、最初、厚さ二センチほどの本は一九九五年の十六版では優に五センチを越え、私の細腕では片手で持てないほど物理的にも内容的にも成長していったのである。ゴンブリッチ先生とのおつきあいは第十二版から始まったのだが、私たちのテキストもそのつど、新たにされた。図版は増え、モノクロからカラーへ、さらに印刷技術の進歩もあって色の冴えが際立っていった。私たちは机の上に前版と新版の二冊を並べ、あちらこちらを比較して、「ほーっ」と感心したものである。

会はそのつど、文句なく楽しかった。私たちは著者を「ゴンブリッチ先生」と呼び、「先生、ここでは論理がうまくつながってないんじゃないの」と疑問を呈したり、「こういうふうに社会的な背景を立ち上げて考えるのが先生のすごいところだねえ」と、感心したり、ひとつの単語の意味を日本語に移しかね、ああでもない、こうでもないと議論をしたり、毎回、九五〇円のちらし寿司をとる昼食をはさんで、六時間近く、丹念にゴンブリッチ先生との集団対話を続けてきたのである。「英語を母国語とする人たちはとてもこんなふうにセンテンスひとつひとつをくまなく明らかにするように読み方はしないよね。なめるように、這いずりまわるように読む、おれたちの読み方によってはじめて見えてくることもあるよなあ」と、ニューヨークでの生活の長かった大西が感に堪えたように言ったのは忘れられない。

一九九〇年代の末、参加するようになった林道郎はモダン・アートの目利きにして気鋭の論客で、会の平均年齢を下げるとともに、今まで私などもてなかったモダン・アートへの新しい感覚を教えてくれた。その頃、ちょっとむずかしい論理を連ねたゴンブリッチ先生の〝ART

AND ILLUSION"（日本語訳のタイトルは『芸術と幻影』だが、これはほとんど誤訳である）を取りあげ、みんなで幾何の証明問題を解くように、額《ひたい》をよせ、夢中になって読み進んだのも懐かしい一幕である。

はじめてから三十年近くの歳月が流れ、私たちの美術の歴史をたどる旅はゴンブリッチ先生の道案内で、しだいに出口に近づいていった。ゴンブリッチ先生との集団対話の議論の時間は通算すれば百数十時間を越えただろう。二〇〇一年、ゴンブリッチ先生が亡くなった。生きた伴走者はいなくなったのである。それからまもなく、大西廣が「これでもう改訂はなし、十六版が決定版だ。みんなでこの本を翻訳してみないか」と、やや気軽にもちかけてきた。私たちは「いいね」「おもしろいかも」とこれまたやや気軽に提案に応じてしまった。そして私たちは読書会メンバーから翻訳チーム・メンバーに変身していったのである。しかし誰もそのとき出版のことなど考えていなかった。

文体作りのすったもんだ

翻訳大旅行2

二〇〇一年十一月、ゴンブリッチ先生がなくなり、二〇〇二年一月、いよいよ私たちは“The Story of Art”の翻訳を始めた。複数の人間が翻訳や研究に関わる場合、名前の売れてない若手が下訳をし、専門家として名の通っている人が監修する、というのが世間によくある形だ。しかし、私たちは知識、キャリアを問わず、みな平等という原則ではじめた。いや、そんなことを議論して確認したわけではない。そんなことアッタリマエだったのだ。いつでもみんなして興味津々、喧々諤々、心ワクワクの読書会の二十数年の歩みからして、当然の流れだった。もうちょっと言えば、私たちの研究会には知性に対するデカルト的な平等性へのあっけらかんとした信頼があったともいえよう。理性は万人に平等に配分されている——「知りたい」「考えたい」「おもしろいぞ」には、プロとアマチュアの境界はない。そのことを私たちは現場で、いわば体で知っていたのだ。もちろん「知りたい」を美術史の専門家の大西、林にぶつけるこ

と、あるいはゴンブリッチの歴史のとらえ方の根底にあるヘーゲルの思想について、これまた専門家の長谷川宏にぶつけることなどはしょっちゅうだったのだが。
　翻訳をはじめた最初の会合で、まずタイトルをどう訳すか、が話題になった。私たちは赤ん坊の名づけのような新鮮でくすぐったい気分になった。問題はヒストリーならぬストーリーの訳し方にある。そのときのノートを見ると、四つの候補があがっている。

美術の話
美術の物語
美術史物語
美術を語る

　このときのオーディションですぐに「美術の物語」が通ったわけではない。というのはその当時、「冬物語」というビール、「植物物語」というシャンプーなど、広告業界で「物語」という言葉がやたらとはやっていたからだ。私たちは「物語」の氾濫にうんざりしていた。ちょうどその頃、友人の台湾の絵本編集者、高明美さんがこの本の愛読者で中国語のタイトルを『美術故事』とおしえてくれた。「どういう意味?」ときいたら「簡単、簡単、美術の話、ということ」という答え。私は岡倉天心の『茶の本』みたいだと思って、個人的にはとても心惹かれた。しかし、六百ページの美術史の大著に「美術の話」がふさわしいかどうか自信がなく、即、決める必要もなかったから、話はペンディングになった。しかし、二、三年で消費社会の「物語」攻勢はおさまり、翻訳がほぼできあがる頃にはほとんど議論の余地なく「美術の物語」となったのである。言葉と世間のふれあいはおかしなものである。

翻訳を始めてすぐに大きな問題になったのは「です、ます」調でいくのか、「である」調でいくのか、文体の問題だった。私は「です、ます」派だった。しかし、その場の議論ではどちらがいいのか判断がつかず、とりあえず全員が両方で訳してみて、くらべてみることになった。私は思ったとおり「です、ます」のほうが内面から、らくに文章がわきあがった。おそらく、英語を読むとき、自分のなかで「です、ます」にして読んでいたのだろう。私は抽象的な論理をたどるときでさえ、それをだれがどんな顔をして言っているのか、できたら見てみたい、という気持ちを払拭しきれない具体派なのだ。確かに、学問の成果は個人を超えてこそ意味がある。少なくとも真理は非人称。数学の定理をだれが言ったか、それは問題ではない。でも……(と、小さい声になるけれど)ピタゴラスとかパスカルとか、名前が出ると、私は妙に安心する。つまり、学問的な言説はだれかから聴くものであり、それについて考えるのは自分とその人の対話だというフィクショナルな枠組みからなかなか逃れられない。思考の土台に人と人とが向きあう場を設定したくなるのだ。それが必ずしも「です、ます」調と結びつくわけではないが、この本の場合、どうしても自分が生徒になってゴンブリッチ先生の声を聴く、という枠組みを選んでしまう。それが「です、ます」調を呼んでしまうらしい。

一方、上から何か教えてもらうような文体とつきあうのはかなわない、と感じる人もいるだろう。われを忘れて、学問的な課題に潜水していくには、「です、ます」調より「である」調のほうが彼岸と此岸のけじめがついて、いっそ気持ちがいいかもしれない。学問的な言説に直接、対峙して思考の格闘をしたいという禁欲派には、文体はなるべく余計な枠組みを感じさせないニュートラルなものがのぞましい。

結局、話し合いの末、若い林さんが「です、ます」調を排したい、と強く主張し、全体そちらに傾いた。私自身も、若い人が、これぞという本に身をのり出すときの「意気」を考えると、そうかもしれない、と思った。が、辛気臭い論文体は避けたいというのはみんなの一致するところ。「である」を多用せず、話体に近い「だ」で終わる文体で統一しようということになった。しかし、のちにこれも、原則そのものが不自由で、「である」と「だ」を自在に置く気持ちにならなければ、読みやすい文章にならないことがわかったのである。

おもしろかったのは書き直しのとき。「です、ます」で書いたものを、「だ」調に直そうとすると、語尾だけではすまない。接続詞のニュアンスからしてちがってくる。装いは足元だけの問題ではなく全身の問題であることが身にしみた。服を着替えるような気分になった。

それにしても両方試してみて感じたことは自分の書き言葉の語彙の古さである。「です、ます」調で書いても、「静謐《せいひつ》」などという漢語がふと頭に浮かんだりする。いかん、いかん、日常的な言葉に直さなければ、と「静けさ」とか「安らかさ」などに置き換えて書く。しかし「である」調に戻すとき「静謐」が使えるかというとそうはいかない。今の若者の顔が思い浮かぶとやっぱりひっこめたくなるのである。漢語的語彙はどんどん口語的表現に変わっていく。この傾向はとどめようがないようだ。書き言葉と話し言葉の溝はここ数十年でもう一度埋め直されるのかもしれない。書きながら、文章語はこれからどうなるのやらと、二葉亭四迷を身近に感じてしまった。

さて、私たちは毎回、五から十ページの分担を宿題にし、会合の当日、提出された八人の訳文のコピーを配り、それを最初からみんなで検討することにした。しかし、一日で八人の文を検討するなんてとても無理。一人分でさえ、なかなか最後までたどりつかない。最初の年はまさに蝸牛の歩みだった。もちろん、個々の術語、単語をどう訳すかはそのつど議論になったけれど、それより時間がかかったのは文章の流れを整えること。私たちは一行一行の文の運びを、なめらかに、すっきり意味が通るように、みんなで口に出して読んで、ああでもない、こうでもないと、たたきなおしていったのである。いわば自主文章教室だったわけだ。今から考えるとよくそんな気の遠くなるようなことをしたものだと思う。しかし、この時間がまちがいなくみんなを鍛えた。私も鍛えられた。

文の流れが、最初の下訳からどう変貌していったか、一例を出そう。あの大部の本のなかからどの一節を選び出すか、と立ちどまると、自分が翻訳という慣れぬ仕事のなかで初めのころ苦戦した部分がぱっと思い出せた。第八章「るつぼの中の西洋美術」の冒頭の部分だ。英語独特の言い回しにひきずられ、いろいろあがいても、素直な日本語にならず、自分で自分にあきれてしまった。以下、その最初の下訳。もはや恥を通り越して、その下手さがおもしろい。

私たちはコンスタンチヌス大帝の治世まで美術の歴史を説いてきた。そのあたり、数百年は、図像が俗人に聖書を教えるのに役立つというグレゴリオ大教皇の訓令に美術が徐々に添うようになっていく時期だ。

これがさんざん鍛えられた末、本文では見ちがえるようになっている。

私たちは、西洋美術の歴史を、コンスタンチヌス大帝の時代までたどってきた。さらにそののち数世紀のうちに、聖書の内容を民衆に教えるのに絵や彫刻が役に立つ、という教皇グレゴリウス一世の考えが、芸術家たちに次第に受け入れられていくさまも見てきた。

どうです、すっきりしたでしょう、といいたくなる。最終的にはだれの文と特定できないので自慢も気がらくである。もちろん下訳から完成稿までのあいだには何重にも検討の目と手が入ったのだが、そのシステムはあとで述べることにしよう。

とまれ、今、思い返すと、八人が集まってのこの作業は異常な熱気に包まれていた。こまかく、ねちっこく、気になるところを取りあげて議論をしていると、テーブルの上に湯気が立ち上り、みんな一種の憑依状態。ほーっと息をつくと、すぐに二、三時間は経過、午後三時ごろにはみんな疲労困憊の体だった。

この作業は半年以上も続いただろうか。遅々たる歩みに、こんなことでは十年たっても山頂まで登りきれない、ということがだれの目にも見えてきた。とくにヘーゲルの大著の翻訳をつぎつぎ出してきた長谷川宏は「作業を合理化せねばならん」という意志を陰に陽に示し始めた。もちろんみんなも彼の焦りを共有した。そこで次のような合理化の方針がとられることになった。

宿題はどんどん進め、月一回の会合の日にはそれぞれの下訳を提出していく。しかし、文章の検討はすべてのページにわたってはしない。ひとりひとり順繰りに全員の訳文がまな板の上にのることを原則に進める。

そこで、今まで本の流れにそってすすめてきた検討会は一人ずつの訳文の鍛造会になっていった。まな板に上がる人順にすすめたので、章が飛び飛びになったりしたが、私たちはなんの痛痒も感じなかった。なにしろ何年もかけてこの本を丹念に読んできたのだから、内容については、前へ後へと原文のページを繰って縦横に議論を交わしたことは言うまでもない。

二〇〇二年の末には次の作業の段取りが決まった。各章ごとに責任者を決める。一章、ほぼ三人分の下訳を章ごとの責任者が訳しなおす。この作業は改訳と呼ばれ、下訳者と改訳者は重ならないように配慮された。さらに月例会で、出てきた改訳についてみんなで疑問点を出し、改良案も考える（この作業はコメントと呼ばれ、二〇〇三年にはコメントが終わったかどうかで各章の翻訳の進捗《しんちょく》が語られるようになり、先へ進めようという、みんなの意志がなんとなく確認され、機関車が動いていることを感じるようになったのである）。コメントが終わると、そこでの議論を踏まえて、改訳者はさらに改改訳を作る。さらに改改訳全体を、だれか一人の目で個人差のない文章に統一する。このだれかをだれにするかはこの段階では決まらなかった。

かくして、二〇〇三年から二〇〇四年にかけて、できあがった改訳をやりだまに、つぎつぎコメント・バトルが始まった。あるときはオフェンス、あるときはデイフェンスになる。後半になると、あらかじめコメントがメモにして渡され、改訳者はそれへのレスポンスも作ってまわした。どんな文にしたらすっきりと意味が通るか、コメントにも自分なりの訳を部分的につけていった。そんなことを何章にもわたってしているうちに、自分がどの部分を下訳したのか、だんだんわからなくなっていったのである。

一方、一回につき五十から六十ページぐらい、下訳はたまっていった。私は大きな透明ファイルを買ってきて、毎回増えていく下訳をページを追って整理していった。出ていない宿題は借金と呼ばれた。提出されないと、その部分は黒い紙を挟んだファイルがそのままになるので、あとで借金返済の請求にとても役立った。重いファイルをやっこらさと出してきて「〇〇さん、ここのところ、でていません」というたびに私は高利貸婆になったようで、ひとりほくそ笑んだ。

二〇〇四年も残り少ない頃、さすがに私たちも出版を具体的に考え始めた。林さんと長谷川が動き始めたが、名高い大手の出版社はイギリスの版元が出す条件が厳しく、どこも躊躇した。年末にビッグニュースが入った。ロンドンのファイドン社がファイドン・ジャパンを立ち上げ、そこで出版準備が進められているというのである。あわてて林さんが連絡を取り、あやういところで私たちの翻訳が採用されることになったのである。正式決定は二〇〇五年三月。八月末には完成稿を出すという約束を迫られ、私たちの翻訳機関車は大車輪で走り始めた。改改訳全部に目を通し、統一案を作るという大役は、天野さんと決まった。それは全体の進行を掌握する役でもあり、彼は進行状態を一覧表にして、機会あるごとにみんなに配った。インデックスの担当は林さん。これも大変な仕事だったのはいうまでもない。急ぎ始めても私たちは、改訳↓コメント↓改改訳↓統一案（これにもコメント作業が入った）↓完成訳という道筋を崩すことはなかった。

二〇〇五年、大西さんは体調を崩し、私たちは大切なエンジンのひとつを休ませたままの苦戦を強いられた。しかし、二〇〇六年には復調。天野さんの統一案に重要なコメントを直球でばしばしと発してくれた。時間とにらみ合いをしながらそれをキャッチしたのは天野さんと長谷川宏。

私が他の二、三人とともに最後に引き受けた仕事は図版とその説明が、同じ見開きに位置するように文章を減らしたり増やしたりすることだった。これはゴンブリッチ先生の読者への親切な配慮で、初版からの大方針だったのだから、従わないわけにはいかない。が、削るのはなんとかできても増やすのには大汗をかいた。間のびした文章にならないようにがんばったのだが、いうべき内容と言葉の量はある程度は伸縮自在なものだと分かって、しまいには、「さあ、こい、やってやるぞ」と、いささか職人的な気分になったのである。

最後の最後、全体に目を通し、整えたのは長谷川宏だった。

フォルムとマチエールの解体

翻訳大旅行3

先年、アメリカから十三歳の少年が、ひと夏、我が家でホームステイをした。少年は勉強家で、日本に来る前にカタカナ、ひらがなの読み方をマスターしてやってきた。日本に来ると、そこらの看板といわずポスターといわず、カタカナ英語を読みまくり、いろいろ不審に思ったらしく、私によく質問した。もちろん日本語は出来ないから、私は下手な英語で応じたのだが。

あるとき、電車の吊り広告を見てたずねた。

「ウェディング・フェアーって何?」

「結婚式の市」——少年の頭のなかに、戸外で何組もの結婚式があちこちでおこなわれている結婚式大会といった奇妙な想像が走ったかもしれない。私はおかしくてふきだしそうになった。そして、昔読んだイギリスの小説、サッカレーの『虚栄の市』を思い出した。あれはヴァニティ・フェアー。そうだ、ウェディング・フェアーこそヴァニティ・フェアー……などと、しょ

うもない連想で頭がぐるっとまわってしまったが、とりあえず説明。

「ホテルの結婚式の費用を安くするから来てください、という宣伝なの」

少年は納得しかねる顔をしていた。宗教が真面目に生きているアメリカでは結婚式はまだ売買の対象になっていないのかもしれない。少年は大学の「オープンキャンパス」も何のことかと、たずねた。これは説明に難渋した。

世の中には「マンション」だの「ヴァイキング方式」だの、日本人にしか通じない英語があると、よく取り沙汰されるが、実際にアメリカの少年と生活をともにしてみてその多さに驚いてしまった。

日本語のなかで生きているカタカナ英語と英語圏の英語との間にはズレがある。ゴンブリッチの『美術の物語』の翻訳でもそのズレをいろんな場面で感じた。今度は私が和製英語を身につけて、英文の世界に入り、なんだ、全然ちがうじゃないか、と認識する番だったのである。

いちばん大きなちがいは「イメージ」というゴンブリッチの思想のキーワードにあった。

私たちは「イメージ」といえば、頭のなかで思い描いたこと、と考えてしまう。

昨日、電車の中で見た「オープンキャンパス」の広告のキャッチフレーズは
「イメージで決めるか、自分の目で決めるか」

見たとたん、これこそ日本語の「イメージ」の典型的な使い方だと、ただちにメモしてしま

った。想像と自分の目で確かめた現実とはちがいますよ、といっている。
もうひとつの例は分譲マンションの広告のチラシ。緑に包まれた心地よさそうな建物の絵や写真のわきに虫眼鏡がいるような極小の字で「これはイメージです」と書いてある。「実際とちがうじゃないか」とねじこまれないための苦情よけの言葉だ。日本語の「イメージ」はありのままの現実とはちがう、頭のなかだけの絵なのである。

ところがゴンブリッチの「イメージ」は頭のなかから現実世界へものとして転がり出ている。私たちは「像《イメージ》」あるいは「図像《イメージ》」と訳した。カタカナのルビを振ったのはこれだけだから、その特殊性を読んだ人には感じてもらえたかもしれない。ゴンブリッチの使い方だと、「イメージ」は人間の手によって作られた絵画や彫刻そのものをさして使われる。現実の似姿にも、神話的宗教的な主題のものにも、未開民族の共同幻想にもとづくトーテムのようなものにも、広く美術作品について「イメージ」という言い方がされる。そして、イメージを作ることそのものに人間はある畏怖の念をもつ、さらには創造の根源的な喜びを抱くと、ゴンブリッチは考えているようだ。人間はなぜ絵画や彫刻を作るのか、という問いをあえて投げかければ、ゴンブリッチは「そこに魔法を感じているから」と、答えるかもしれない。有名なダ・ヴィンチの《モナ・リザ》を讃えて、彼はこんなことを言っている。

はるか昔、人びとは肖像というものを畏れていた。本人そっくりに作られた肖像には、その人の魂が生きつづけていると思ったからだ。いま、偉大な科学者レオナルドが、そうした昔の像《イメージ》の作り手たちの抱いていた夢と畏れを、現実のものとしたのだ。魔法の筆からくりだされた絵の具に、命を吹きこむまじないを彼は知っていたのである。

《モナ・リザ》は人間が作った完璧な像《イメージ》なのである。

もちろん、単に「イメージ」だけでは美術にならない。けれど、幼い子が絵を描き始めるとき、殴り描きの次に、きまって描こうとするのが、大きな丸のなかに小さな丸二つの目をつける人の顔であることを思い出すと、「イメージ」を作り出すことへの人間の本能的な欲求を感じてしまう。それは、人間の魂に働きかける何ものかを、無から生じさせることなのだ。ゴンブリッチ先生が、美術の歴史を傑作の連鎖ではなく、人間の創造本能ともいうべき心理の深淵から説きおこそうとするところに、この本の魅力の深さがある。

そのほかカタカナ英語との落差を感じたのは「パターン」という言葉。私は息子にたずねてみた。

「セザンヌの絵のパターンっていわれたら、どんなことだと思う?」

「うーん、セザンヌが絵を描くとき、いつも、はまる癖かなあ」

やはり、そうかと思った。近頃、若者同士の会話を聞いていると、しょっちゅう「パターン」あるいは「ワン・パターン」といった言葉が出てくる。もちろん絵画とは関係がなく、ある状況のなかでくり返される人間の行動や人間関係のあり方をさすことが多い。しかし、美術史の本のなかでは、見本とか原型とか図柄とか画面構成とか文様とか、絵画や工芸に関わる言葉なのだ。そのことを気づかせるために「パターン」というカタカナを残すべきか、それとも若い読者の戸惑いを排すべきか、私たちはその時々に悩んだ。結局、文脈にそくして、カタカナの「パターン」もふくめ、さまざまな日本語で訳すことになった。つまり、原文のなかの「パターン」は日本語の海のなかに解体され、一定の日本語のむこうに一定の英語が透けて見える一対一対応はなくなってしまったのである。

　これはプラス、マイナス、議論が残るところかもしれない。しかし、やや専門的な術語で、一つの日本語の単語としてつかみにくいものはカタカナにして残さず、文脈にそって、さまざまに変身させ、解体してしまうこと――これは美術の本の翻訳の上では画期的な立場だと思う。美術用語はフランス語をカタカナにすることが多い。いちばん有名なのはフォルムとマチエールだ。美術の本にのり出してこれに悩まされなかった人がいるだろうか。高校時代から美術が好きで硬軟いろいろ読んできたけれど、「フォルム」と「マチエール」が出てくるたびに私の読書の足元はふらついた。どうしても言葉の芯のところをしっかりとらえられないのである。

辞書をひいてもその感覚は消えない。いつもの日本国語大辞典をひくと、フォルムは「造形芸術で一つの空間を形づくる視覚的要素の一つ。形、形態」とあるが、例文を読むと、頭がくらっとする。
「鋭い直線的なフォルムによって包容された豊かな深い色彩」（福永武彦）
今の私なら、この「フォルム」はたぶん輪郭線のような意味だろうと解釈できるのだが、若くて真面目だったらそうはいかない。はて、「フォルム」とは、と立ちどまっているうち文がウナギのようにつるっと逃げていく。
「マチエール」も、辞書には、材料、材質、特に美術では、画面の肌、材質感、と説明されているけれど、次の例文は、もう不真面目になっている私には笑えてくる。
「あまりに個人主義的なマチエイルで技法を尊重しすぎた近代自然主義絵画への反動でもあるだろう」（滝口修造）
こんな短い例文を読んでいうのは滝口修造に気の毒かなとも思うけれど、あえて言おう。個人主義的なマチエイルとは何なのだ。わがままな材質と、わがままでない材質があるのか、と揶揄したくなる。要するに、辞書が辞書の役割を果たしていない。例文は先に上げた意味を補強するために出されるのに、例文を読むと混乱するのである。この混乱はマチエールに対応するぴったりの日本語が存在しない、ということを物語っていないだろうか。

小林秀雄の『近代絵画』はフランス語の「フォルム」や「マチエール」などを、近代絵画を読み解く思想のキーワードとしてとらえ、それを自らの日本語でからめとり、押さえこもうと、レスリングのように格闘している。善戦しているところもあるが、苦戦しているところも多い。先の「マチエール」を使った、レスリングを紹介しよう。

物質とか原料とかいふ意味のmatièreといふ言葉は、転じて、事柄の上では、ある事の由来する理由とか、かくかくの話になる筋合ひとか訳とかといふ風に使はれるが、ヴェラスケスの画を眺めて、はっきり感じられるのは、その事なので、彼の絵が出来ているマチエール《原料》は勿論色だが、それが即ち彼が絵を描くといふ仕事のマチエール《理由》であるし、彼の絵の真のマチエール《主題》は色であるといふ感じが直かに来るのである。

これは日本人が辞書を読んでひねりだした文章だ。マチエールという言葉の、辞書にある三つの意味をこんなに巧妙に使うのが、小林秀雄のレトリックなのである。が、しかし、と私は考えこむ。絵を見て、原料《マチエール》は色だ、などとフランス人はいうのだろうか。原料は油絵の具であり、油彩独特の重ね具合などをいうならマチエールという言葉が登場してもうなずける。原料は色だ、という断言は、素直に考えると変ではないか。小林秀雄流の比喩として、言わんとすることは分からないではないが、このような文章は、「マチエール」という、単純に捕捉しがたい外国語のまわりで踊っている日本の知識人の、言語コンプレックス・ダンスのような気がしてくる。もっとちがう言い方で事柄はすっきりいえるのではないか。

で、結局、「マチエール」という言葉はわかったような、わからないような……、教養というありがたいお香の煙につつまれて、祭壇の上でかすみ、漂っている。かくしてよく見えないものへの憧れと幻想は広がる。冗談のようだが、私の故郷には「マチエール」という名の喫茶店があるのである。

小林秀雄はピカソの章では「フォルム」をめぐっても大乱闘。読み終わると「フォルム」ってなんと難解な言葉なのだろう、とため息が出る。

若い人に言いたい。「だいじょうぶ、ゴンブリッチ先生は決して、そのような煙幕は張りません」と。ゴンブリッチは言葉に関しては小林秀雄の対極にある人だ。特殊な言葉や言い回しを使わなくても美術の喜び、作り手の悩みや欲求、さまざまな社会的背景、みんな伝えられる。そのことを証明するために『美術の物語』は書かれた、といっても過言ではない。

色彩が絵に統一感をもたらす最も重要な要素だと意識し始めたヴェネチア派の画家、ジョヴァンニ・ベッリーニの「聖母子と聖人たち」を説きながらゴンブリッチは言う。

絵がとくに明るく輝いているというのではない。すばらしいのは、むしろ色彩のやわらかさと豊かさであって、前に立つと、何が描かれているかを考える前に、色彩が目に飛び込んでくる。

これを読むと小林秀雄に言いたくなってくる。「要するにヴェラスケスの絵は、何が描かれているかを考える前に、色彩が目に飛び込んでくるんでしょう」と。

もちろん、『美術の物語』にも原文では form や material は出てくる。しかし、私たちはこれらの言葉を特殊な用語にすることなく、文脈に応じて material は「素材」あるいは「材質」、form は「形」あるいは「形態」といった訳で通している。「パターン」同様、原文と日本語の一対一の対応はない。ただ、印象派の画家たちが使い始めた「モチーフ」という言葉はゴンブリッチがカッコ付きでフランス語をそのまま使っているので、私たちもそれにならってカッコ付きのカタカナにした。ゴンブリッチはていねいにこの言葉を何度も使って説明しているので読者が困惑することはまずないだろう。

本筋から外れるけれど、今回、久しぶりに『近代絵画』を読み、言葉の使い方の問題を感じつつも、小林秀雄の対象への喰い下がり方には正直、何度も感心した。特に、セザンヌにとっての「モチーフ」の意味に迫るところは説得力があり、私のセザンヌ像を強固にしてくれた。

しかし、やっぱり、今、小林秀雄をすらすらと読む若い人は少ないだろう。彼の言葉づかいには彼の強烈な自意識を反映した独特の閾《しきい》があると思う。それは美術が好きでも軽々と超えられる閾ではない。

そういう意味では『美術の物語』の著者の自意識はあたうる限り抑制されている。ゴンブリッチには、若い人々や初心者への、率直な関心と愛情があるのだ。『若い読者のための世界史』を書いたときの二十五歳のゴンブリッチの献辞が私の耳にたえず聞こえていた。

イルゼに
「君はいつも耳をかたむけてくれたね
そのとおりに書くよ」

この言葉は『美術の物語』にも脈々と生きている。さまざまな国のさまざまな境遇のイルゼが言葉のハードルなしに、彼の語りに夢中になって、美術の世界に入っていくらしい。そして日本でも今、言葉の上でのハードルがほとんどない『美術の物語』を出版することができた、と私たちは自負している。

私と夫が営んでいる、時流に乗らない妙な塾の卒業生で、今四十代半ば、ガス工事の仕事で毎日忙しい思いをしているN君の言葉はうれしかった。

「いや、『美術の物語』、やばかったですよ。おもしろくて、おもしろくて、ついつい、二時、三時……明日の仕事を考えてやめましたけど、ほんと、やばかった」

もちろん彼は六百ページの本をたちまち通読してしまったのである。この本が彼の人生にどんな彩《いろど》りを添えるかは量りがたいけれど、やっぱり考えると、心楽しい。こういう読者を掘り起こすことこそゴンブリッチ先生の本懐だろう、と思う。

食うことの本たち

いつの頃から料理が好きになったのだろう。四人の子どもの育ち盛りには、子どもたちの食欲に追いかけられていて、台所に立っても、いつも時計とにらめっこだった。しかし、根のところは台所に立つのは嫌いではなかったらしい。餃子も出来合いのものを買ってくることはなく、一回に百個も作る時代があった。あるとき、あまりの時間のなさに、冷凍の餃子を二回、続けて買ってきたことがあった。そのとき、十代にさしかかったばかりの長女が私の顔をつくづく見て言ったのである。

「おかあさん、さびしくないの？」

これは胸にこたえた。

が、背に腹はかえられぬ。私は机に向かう仕事で忙しかったのである。晩御飯のメニューを考えながら買い物をする時間が惜しくなり、一週間分の主要な食材を生協で取るようになって、

私は計画的になった。週ごとに献立をたて、献立表を冷蔵庫に貼り付け、給食のおばさんのように、献立どおりのものを作った。これはらくだった。たくさんの原稿をこなさなければならなかった時期だったので、計画性、合理性のありがたさを身にしみて感じたものである。

しかし、合理性もつきつめると、つまらなくなる。新鮮な材料を前にして、思いがけない献立がひらめく、という機会がない。献立を立て終え、やれやれと、冷蔵庫に今週の表を貼りに行き、用済みになった先週のものをふと見ると、そこには今たてたものと同じメニューが……ということがしばしば。しまいに私は苦笑もしなくなった。月曜はパスタ、火曜は煮魚、水曜、トンカツ、木曜はいろいろ、金曜、カレー……これは、実際、何度もくり返されたので、私の記憶にくっきり残っているメニューである。

四人の子が次々と家を出て、夫婦と下の息子だけの三人家族になった頃、献立表の習慣は自然になくなった。その息子も大学生で、家にいるやら、いないやら、食べる人がほとんどいなくなってから、私は料理好きをはっきり自覚するようになった。皮肉な話である。

私の場合、何かが好きになるときの入口にたいてい本がある。友人にもらった小林カツ代の本、『美味しい料理のカンどころ』（じゃこめてぃ出版）が単なるレシピの紹介ではない料理本として初めておもしろかった。これは一九八九年、まだ彼女があまり有名ではなかった頃の本で、素朴なイラストだけの地味なものである。しかし、この本は啓発力があった。「なんだか、うまくいかないなあ」と思っていたことへの解決がズバリと示されていたのだ。コチコチになりがちなハンバーグ、すぐ鍋にくっついて皮がはがれてしまう鶏肉のソテー、揚げると爆発してしまう冷凍のクリームコロッケなど、私がかかえていた難問が次々に解決された。なるほど、これは信じられると私は納得したのである。一冊の本が信じられるということは、たとえ料理の本でも稀有のことだ。

内容もさることながら、彼女独特の言葉のリズム、物そのものに迫る文章の臨場感にもひかれた。とくに擬音、擬態語の使い方が大胆で愉快だ。フライパンで焼くときの火加減について、

あまり熱くしすぎてケムケムとしてくれば火を弱くすれば良いのですし、シーンと静まりかえってしまったようなフライパンは火を強くすればいいんです。

あるいは、鶏肉の処理について、

あの黄色いドヨンとした脂をとること。あれはいくら料理してもおいしくないし、体にいかにも悪そうです。目に見えてるドヨンはもちろん、にくの方に包丁でスッスッと切りめを入れると、中からピロンと顔を出すので、これも手抜きはしないこと。

私はいまだに鶏肉にさわるたびに「ドヨンをとらなきゃ」と思ってしまう。

高校時代、漱石や鷗外、谷崎や太宰から始まった私の文章感覚は背筋こそピンとしているかもしれないが、今になってみると古い。とはいえ、日常会話そのまま、肌合いも何もない、暖簾に腕押しのような文章は苦手だ。しかし、小林カツ代さんの言葉の運びは、料理という手の仕事、体の運びとあいまって抵抗なく、楽しくのれた。観念ではなく手仕事から現代の軽い軽い口語体の文に入れたのは、われながらいい入り方だった、と思っている。テレビをみない私は、彼女の文章にのっている声、口調をしょっちゅう思い出しながら料理をしていた。まるでそばに年来の同志がいるように。

あるとき、生活クラブ生協の雑誌で小林カツ代インタヴューを読んでいて驚いた。「お子さんを抱え、多忙なお仕事をこなしていらっしゃいますが、病気をなさったときなどはどうなさっていますか」というような質問に対し、カツ代さんの答えは強烈だった。「病気はしません！」というのである。そんな勢いで生きているのか、と、体力に自信のない私は開いた口がふさがらなかった。私の知らない間に彼女はテレビに雑誌に獅子奮迅の活躍をしていたらしい。著作も百冊を超えていると聞く。が、のちに手に入れた豪華な写真入りの本は、個性を発揮するには文が短く、レシピをうまそうに紹介するだけでおもしろくなかった。私にとっては十八年前に出たあの本が友達なのだと思う。それに料理の本などたくさんつき合ってもしょうがない。これぞ、という一、二冊が座右にあれば十分ではないか。

二〇〇五年の秋、彼女はクモ膜下出血で倒れた。その報に接したとき、病を得た彼女が回復して、その地点から人生をどう見るか、表現してほしいと思った。彼女はクリスチャンで、初山滋の美しいイラストの入った「旧約聖書」について彼女が書いた印象的な文を私は覚えている。人間の強さ弱さの幅のなかで物事を考えたい私はそんな期待をもったのだが、どうやらそんな願いは残酷なことのようだ。

次に私が座右においている料理本は辰巳芳子さんの『手しおにかけた私の料理』(婦人之友社)。読んでいると、著者と、明治うまれの女傑、幸田文のイメージが重なってきた。露伴に厳しい薫陶をうけた、あの恐ろしい家政の完全主義者、幸田文を私はひそかに「心のお姑さん」と呼んでいるのだが、そこには嫁が姑にいだく愛憎こもごも複雑な思いがあるのはいうまでもない。辰巳芳子さんに出会ったとき、「うわっ、二人目の姑さんができた!」と、おののいてしまった。彼女は料理というチャンネルを通して、壮大にも、高度成長以後の人間の再教育を企んでいるのである。まあ、彼女の文章を読んでほしい。

《だし》について。

世の風潮は、いかなるわけか、だしやスープをひくことを面倒に感ずる人々が増えてきました。「生命々々」と二言めには、口にしながら、だしをひくのが億劫とは。何事を為すにも、為し遂げるためには、いくらか自分を励まさなければなりません。（中略）時代の中で、自己実現を志す方々は、男も女もだしぐらいはひける人になっていただきたい。段取りよく、計画的にだしを用意し、何時《いつ》なんどきでも使いこなせる程の人間でなければ、自己実現など夢の夢。

この堂々たる展開に私は恐れ入ってしまった。辰巳芳子さんの額《ひたい》に「真実一路」の文字が浮かんでいる。時によっては粉末のだしも使う不真面目な私は「自己実現など夢の夢」なのである。しかし、彼女の姿勢はもはや哲学といってもいいくらいで、料理のあらゆる場面で独特の自己形成哲学が顔を出す。

青菜を茹でる仕事について。

同じほうれん草でも、一回ごとに菜の性質が異なると思います。手にした瞬間に、茹で時間の見通しを立てられる人になろうとすることは、自己実現の一端です。

ひたしものの水のしぼり加減について。

神経と掌の感覚に、経験をたたき込むこと、一回一回の仕事が意識的でなければなりません。

こういうことは三〇歳までの自己訓練です。

ある日、私は、茹で上げたほうれん草をしぼるのを二十代の息子に頼んだ。彼が力をこめてぎゅうぎゅうにしぼるのが目に見えていたので、

「力いっぱいやらないでね」というと、

「どの程度に？」

そこで、私は辰巳さんの言葉を思い出した。

「そうね、辰巳芳子という料理研究家に言わせると、どのくらい力をこめるか、力を殺すか、そこが三〇歳までの自己訓練。つまり、今日までのあなた自身がこのほうれん草のしぼり方に表現されるわけ」

息子は妙な顔をして「うぜえババアだな」と一言。そして、ほうれん草をゆるゆるに、しぼってしまった。

笑った、笑った、こんな楽しい利用のしかたが出来る料理本はなかなかない。

しかし、笑ってばかりではない。余熱で蒸らす、ことについて。
愛の世界における〝待つ〟に等しい〈余熱〉に思い至りませんでした。待つことを知る、なんと静穏な文化でありましょう。

私は茶どころ、出雲に育ち、お茶の淹《い》れ方にうるさい祖父にかわいがられた。だから、煎茶を淹れるときには必ず湯ざましで湯をさます。その待つ時間に、この言葉を思い出すのだ。
最近手に入れた『あなたのために――いのちを支えるスープ』（文化出版局）という著作では彼女の哲学的思索への傾倒はますます徹底してきている。和洋の汁物の体系がみごとに整理されていて、まるで密教の金剛界、胎蔵界の曼荼羅を見るようだった。さらに「水のこと」のなかの文には驚かされる。

ウィットゲンシュタインは、哲学を、浮力に逆らって水中深く進みゆく潜水にたとえた。永井均は浮力に素直に従うためにも又、長期にわたる哲学的努力が必要であることを、ウィットゲンシュタインから逆説的に学んだと謙虚に書いている。汁ものを水に準じて、生涯作りつづける力は、この両方をわが身に念ずることから、身につくと思う。

読み進むうちに、八十歳を越える彼女の、料理を通して過去から未来を見通そうとする強い意志、物と四つに組んだ長い精神の軌跡を感じ、エライ人だなあ、と素直に感心してしまった。実際、彼女の著作には観念と物とのみごとな結婚がある。これこそ、哲学の理想的な姿ではないか。しかし、何にいちばん感動したかといえば、彼女の言に従って作ってみたスープの、えもいわれぬ滋味に勝るものはないのである。こんなふうにカントやヘーゲルも説得力がほしいものだ。

料理本について書くことにしたとき、もう少し、自分の視野を広げたくて、料理好きの友人、S氏に「おもしろい本ないですか」ときいてみた。おしえてもらった本のなかに檀一雄の『檀流クッキング』(中公文庫)があった。檀は九歳のとき、母親が家出。教師であった父は外聞を気にしてお手伝いさんもおかず、妹三人をかかえて、台所の仕事は一雄少年の双肩にかかったのである。料理歴五十年の檀氏のレパートリーは祖国日本はもちろん、朝鮮、中国、ロシア、スペイン、ポルトガル、フランスと世界を股に掛ける恐るべき多様さだ。言うまでもなく料理は素人、しかし、「朝鮮人とくらし、中国人とくらし、ロシア人とくらし、食べ、料理し、見習い、食べ、料理し、うろつき、生涯を過ごしてきたようなもの」とご本人が書いているように、その地の暮らしに喰いこんで身につけた料理は一筋縄ではない。時代からして男が台所に立つ図は白い目で見られることもあっただろう。だからこそ、そこには、女にはない純粋無垢の自発性と達成の喜びがある。台所に立つ檀氏の心うきうきするような腰の動き、ちゃっちゃっと塩をふる手の動きが文章から目に見えるようだ。行間からグレイビーのように料理のうまさがにじみ出る。とにかく自由闊達、調味料の厳密な量など一つも書いてない。だしに関しても辰巳芳子さんが目を剥くようなことが書いてあるではないか。オニオンスープの作り方の説明のなかで、

固形スープでだしをとったって、本人の食べることだ。私は一向にかまわない。

私は思わずにんまりしてしまった。

檀一雄はいわずと知れた小説家。が、私は今まで彼の小説を読んだことがなかった。料理の本一冊で檀一雄がどんな人物なのかを語るのはあまりに知見が狭すぎる、とすこぶる真面目な気持ちで、図書館で全集を借りてきて、彼の代表作、『火宅の人』を読んで、たまげてしまった。この作品はいわゆる私小説。年譜と照らし合わせても、ほほう、と思うほど事実に基づいている。その事実だが、この人は妻への裏切り、家庭放棄の確信犯である。若い愛人と暮らし、一ヵ月か二ヵ月に一回くらい、よんどころなく家に帰る。そこには五人の子どもを育てている

妻が寡黙に待っている。妻子がいる石神井の家と、転々とする愛人の部屋との間を、引き絞られた弓弦がはじかれるように往復する。そんな状況でも彼の料理好きは貫かれ、台所のない部屋では生きていけないのだ。終章近く、愛人の去っていった部屋でたった一人の宴会がもよおされる。ニンニク、玉葱、ピーマン、トマト、セロリをバカ丁寧にバタでいため合わせ、非のうちどころのない、果報そのもののタンシチューを作り、葡萄酒を干す。そして、思うのである。

「何はともあれ、生きると云うことは愉快である。或いは、愉快に生き抜くと云うこと以外に、格別な人間の道はなさそうだ。かりにそれが惑いであれ、槿花一朝の夢であれ、徒労の人生ほど、私にとって愉快なものはない」。

料理は愛情、とはよく言うせりふだけれど、そんな言葉はどこ吹く風、孤独なエピキュリアンの自業自得の生を、食べることへの情熱が支えている。喰うことの因果の深さをしみじみと感じ、檀一雄の一生が人間エネルギーの一大饗宴に思えてきた。

私は数年前、九州の柳川を訪れたとき、あるお寺で彼の墓碑銘に出会い、心を打たれ、彼のことは何一つ知らぬまま、小さな手帳に書き付けて帰ったことがあった。今、その詩が、人生の乱痴気鍋のおさめの盞として、静かに迫ってくる。

石ノ上ニ雪ヲ
雪ノ上ニ月ヲ
ワガ　コトモナキ
シジマノ中ノ憩イカナ

柳田国男と「新語」

「正しい日本語」というユーーレイ1

「どうも、ありがとう」という言葉を、今、日本語としていぶかしがる人がいるだろうか。毎日使っているあたりまえの言葉だから、これを疑うこと自体、かなりの力業が必要だ。しかし、私たちより三代以上前の人、江戸から明治を生きた人にとっては「どうも、ありがとう」は奇妙な物言いだったらしい。そのことをおしえてくれたのは柳田国男である。『毎日の言葉』のなかの「どうもありがたう」という章は日本語の変遷をとても自然な描写で伝えてくれて興味深い。文体も柳田国男おじいさんの声が聞こえてくるようで、私はなんとも和んでしまう。

二十年前に、八十四で亡くなられたうちのおぢい様は、毎度孫たちが集まって来て、話をして居るのをじっと聴いてござって、どうも有難うと誰かが言ふと、必ずお笑ひなされた。ドウモアリガタウか、アハハハと、さもおもしろさうに高笑ひをせられた。どうしてあれがあんなにおかしかったのでせう。ほんたうにね、私たちは平気でさう言っているがねえ。今でも時々は思い出してかういふ話をする。

そこで柳田先生は考え続ける。

ドウモは近世の新語には相違ないが、これが盛んに民間に行はれてから、すでに相応の年数を重ねて居る。たとへば江戸後期の市井文芸を捜しても、多量の用例を拾ひ集められる。従って是は当世流行の珍しい語だからをかしいといふよりも、むしろ十二三四の女の児などが、口にするのがをかしかったので、言はば一種の老人語、思慮ある階級に属する者がもったいらしく、どうしても、如何に考へて見てもと、さも終局の判断らしく付け添へて居た言葉を、「ありがたい」のやうな問題の無い文句に、心軽く結び附けたのが、古い習はしを知っている者には、何べん聴いても笑はずにはいられなかったのだ、といふ風にも私には考へられる。

なるほど、と私も考える。ドウモは、たとえば、なにかの機械の調子が悪いとき、「ドウモ、接触がおかしいな」などとつぶやいたりするときの使い方、珍しい草花を発見し、「ドウモ、新種らしい」などと結論づけたりするときの使い方が、主流だったらしい。念のためにいつものように辞書をひいてみた。

いろいろ考えたりして、結局認める気持ち、どちらかというと否定的な気持ちを表わす、というのが主たる意味で、「どうもありがとう」のドウモは四項目にやっと出てくる。「(どう申し上げようも無いほど、の意から)感謝したり、詫びたりする気持ちを含む挨拶に用いる」と、ある。この場合、例文はすべて明治以降のものだった。

私は、柳田家のおじいさまの生まれた年を計算してみた。先の文が書かれたのが、昭和二十七年、そこから計算すると、柳田家のおじいさまは一八四八年、嘉永元年生まれ、維新前に青年期に達している。つまり、ばっちり江戸末期の言葉の海に育てられたわけだ。そこで私は柳田家のおじいさまの耳になってみる。すると、「どうもありがとう」は「どう考えても、これはありがたいらしいぞ」というニュアンスで耳を打つ。しかも、十二、三の孫が何かのプレゼントを手にしていう情景らしいから、まるで犬が、好物の骨の入った箱をくんくんかぎながら言っているようで、これはどう考えてもおかしい。アハハハと、笑ってしまうのも無理はない。このおじいさんは大変おおらかだけれども、言葉づかいにうるさい老人だったら「そんな日本語はおかしい」と説教のひとつもたれるかもしれない。

しかし、こんなことで驚いていてはいけない。先の文に続く柳田の次のような文にはもっとびっくりする。

つまりは単語の来歴の無視、古い条件の解除といふことが、少しも相談を受けなかった階級を面くらはせたので、この点は此頃大はやりのトテモともよく似て居る。私は明治三十四年の初冬に、旅して信州の上伊那の郡境あたりで、初めて「トテモ寒いえ」といふ車屋の言葉を聴いて、飛び揚がるほど驚いたことがある。まだあの時代は、（中略）トテモは先ず出来ない相談に附けるものときまって居た。それが若い山岳家の見え坊の口真似がもとになって、小さな妹たちがまじめに覚え込み、やがて奥さん母さんになっても、平気でトテモきれいだおいしいをくり返すうちに、それををかしく思ふやうな者は、たうたう一人も居なくなったのである。

「とても寒い」という言葉に飛び上がるほど驚く柳田の言語感覚を、私たちは今とても、想像できない。「とても」は「どうも」に負けずおとらず日常的、だれだって日に数回は使っている。ほら、子どもたちだって、いつも歌っているではないか。「とっても　だいすき　ドラえーもん」などと。

しかし、柳田国男はこの「トテモ」の普及を不愉快に思い、その感覚を明治から昭和も戦後になるまでもち続けているのだ。彼自身はきっと一生、使うことがなかっただろう。

さて、柳田国男おじいさんは、さきほどの嘉永生まれのおじいさまとちがって、「国語の将来」を憂える大学者である。だから、このような許しがたい新語、愚かな流行を、どうチェックできるかが、大きな問題だった。彼の分析によると、「どうも」も「とても」も「トモカクモ」という言葉から派生してきたものだ、という。「トモカクモ」の一系列の言葉、「トカク」とか「トヤカク・トニカクニ・トッオイツ」などの言葉は、日本語の歴史をふりかえっても「早く生まれ、よく働き、さうして又永く役に立ってきた」言葉だと高く評価されている。それから派生した「ドウモ」は和歌や祭詞で嫌われたD音が無神経に採用された、いわば坂東ふうの頽落として柳田の嘆きの対象になっているのだ。

わからない。なぜ、「どうも」をそんなに貶めねばならないのか、今の私たちには生理的にわからない、といってもいい。しかし、柳田先生は、今に、国語教育が進んで、どうして「ありがとう」に「どうも」がつくようになったか、若者が先生の解説に耳を傾け、その知識を元に、自分自身の判断で言葉を取捨選択していくだろう、という主旨のことを言っている。もちろん、その文の背後には、前出の「ボクの将来」でふれた「ボク」同様、「どうも」も国語教育を受けた若者の自主的な判断ですたれていくことへの期待がほのめかされている。

柳田は言語の変遷については百も承知。その上で日本語をどう方向づけられるか、自身の学問の成果をからめて『国語の将来』を書いた。その要点を少し長いが引用してみよう。

第一には国語が瞬間も休まず変化して居るものであったこと、第二には此変化には幸福なるものと、後から考えると不幸であったものとがあり、（中略）しかも今日はまだ其法則すらも知られて居ないのだから、官府の力を以って之を統制することなどは望めず、又間際になってから騒いでも実は間に合わない。結局は永い時と多くの人の力を糾合して、重い物を動かすやうな忍耐を以って進まねばならぬ。口で言ふだけなら前年のパパ・ママやキミ・ボクのやうに、戒め禁ずることも片端は出来ようが、腹で思ひ又うっかりと、くしゃみのチキショウメのように、口から飛び出すものまでは制することが出来ない。歴史の恩恵は追々と此顛末を正しく知って、各人に其知識に依って自然と良い判断をさせることで、私たちは是を次の新教育に深く期待して居る。

読んでいるうちにため息が出てしまう。知識や学問だって……そんなもので日本語という大海の潮流を変えられると思うのは柳田の学問への過大な依存ではなかろうか。個人的な慨嘆ならまだしも、大上段から国語の幸・不幸など、いったいだれが決めるのだ。「パパ・ママ」「キミ・ボク」を禁制にする、などという穏やかならぬ言葉がちらついたりして、ドッキリさせられる。柳田本来の常民への信頼はどこへ行ってしまったのだろう。知識や学問とは関係のない人間こそ、母から教えられた母語としての日本語を自由に思う存分使ってきたのだし、変化もさせてきたのだ。実際、「ボク」も「どうも」も柳田には気の毒だが、今、日本語の潮流のど真ん中で堂々と生きている。言葉への好奇心にかけては自分でも手に負えないと思っている私でさえ「どうも」や「とても」についての柳田の解説を読んでも「ふうん、なるほど、そういうことか」と頭で納得するだけで、自分の言語生活からこれを排除する気にはとてもなれない。言葉はすでに私の内部で血肉化しているから、意識でそう簡単に動かせるものではないのだ。「どうも」も「とても」も個人の判断を超えて時代の大衆に受容され、私たちの母語のうちに溶けこんでしまっている。

さらにいえば、「どうも」や「とても」を不幸な変化のうちにランキングしてしまう柳田の判断に学問的な理があるとはとても思えない。むしろそれは個人的な好悪の感情ではないか、と思えるのだ。「どうも」について、和歌や祭詞のなかでD子音は嫌われてきたのに、いつの頃からか、「人が口々に言い争い、聴きも習わぬ坂東声を、真似するものが京にもあったとい ふ口遊が残って居る。醜を一つの美徳とする好尚は、必ずしも万葉の歌ばかりではなかった」とその理由を解説している。確かに「どつく」とか「どなる」とか「ど根性」とか乱暴な言葉に「ど」がつけられてきたのかもしれないが、それはそれで、民衆の選択だったのだ。

と、ここまで書いてきて、思い出したことがある。学生時代、私は共同のトイレを使うアパートに住んでいて、トイレの掃除は当番制になっていた。ところが私の隣の部屋の住人は大学の先生という噂だったが、この人が掃除をしない。私は癪にさわって、この先生を「ど先生」と呼んでいた。「ど先生がね」と、口にするたび、おかしく、胸がすっとしたものだ。「ど先生」を久しぶりに思い出したら、若かった頃の自分の悪ぶった威勢のよさが胸につきあげてきて、たまらなく懐かしくなった。

柳田先生にもどろう。D音は和歌や祭詞で嫌われていたかもしれないが、それはあくまで雅語の世界ではないか。平安時代の京わらんべや僧兵がどんな日常会話をしていたか、はかり知れない。なのに、京文化の文献の傾向を盾に「ど」のつく言語を嘆くのは柳田民俗学の本領ではないような気がする。そこには若い頃、和歌に傾倒した柳田の体験や階級意識、つまり、〈育ち〉が無意識のうちに露出しているようで、学問の衣というものの図々しさをどこかで感じてしまう。宮本常一だったらそうはいわなかったのではないかしらん、などと私の想念は飛んでいく。「土佐源氏」などとても書けない柳田の品の良さを、やっぱりひとつの限界だと思わないではいられない。

「とても」の普及についても、若い山岳家の見え坊が口にしたのを女・子どもが見境なく口真似し、車屋にまで広まっていった、と苦々しく書いているが、その言い方の裏には女・子ども、無教育な庶民への蔑視がひそんでいる、といっても過言ではないだろう。常民の物言いや文化を掘り起こし、字を読めない無教育な人々こそ日本文化の隠れたる真の姿を支えてきたと考えた柳田国男も、古代、上代ではない現代の大衆の流行言葉に対しては自分自身の個人的な感覚を乗り越えることは出来なかったようだ。それはそれで個人が子どものときから身につけた言語の運命のようなもの。仕方がない。しかし、それと学問との交錯はよほどの膂力で距離をとらないと、説得力はない。

新語への不信とそこに従う人々への蔑視。そこにはもうひとつ「近代」と「中央集権化」への柳田の根本的な恐れと疑惑があったような気がする。書生が言いはじめて広がったと柳田はいう「ボク」への反発もそうであったが、「山岳家の見え坊」が元凶にされているのは、あまりにもわかりやすくて笑ってしまう。結局、ロマンチスト柳田国男が愛する中世的な農村共同体の自助自立のゆかしいあり方が消えていく不安、生ま身の彼の貴族的な育ちのうちにある言語感覚、戦後、民俗学の大御所になってしまった学者としての自意識がない交ぜになって、「どうも」や「とても」が日本語の不幸な変化のなかに入れられてしまったのだと思う。

それでもやっぱり柳田国男はおもしろい。学者としてより文学者としておもしろい。家族に囲まれ、孫が言う「どうもありがとう」を聴いてアハハハとお笑いなされる柳田家のおじいさま——つむぎのちゃんちゃんこを着て、ちょっと背中をまるめて笑っている幸せそうな姿がまるで小津安二郎の映画の一場面のようにくっきり思い浮かぶ。その情景のなかから現代の「ど

う も」 とはちがう生き方をしていた言語の存在が手ざわりとして感じとられる。

信州、上伊那の郡境で「とても寒いえ」という車屋の言葉に飛び上がった柳田国男。目を丸くし、はっと口を開けた若い柳田国男の品のいい細面の顔が眼に浮かぶ。信州の澄んだ空、凍てつく空気、ほっほっと息を手に吹きかけながら、旦那に話しかけた車屋さん。みんな想像できるのだ。

そこで私はこの情景を周囲の若い人や、わが塾の子どもたちに楽しく語りながら言う。「正しい日本語なんてないんだよ、個人的なまちがいはあっても、みんながみんなそういうように なったら、それが日本語になってしまうんだから。こんなふうにいつも使っている『どうもありがとう』や『とってもすてき』も変な日本語って笑う人がいた時代があったんだから。ね、びっくりするでしょう」と。

クソババア一家の愛

「正しい日本語」というユーーレイ2

もう二十年も前のこと、ある雑誌から「家庭の言葉」といった内容で原稿依頼があった。それは高級なブランド品の美々しいグラビア広告が満載された裕福な奥さま向けの雑誌だった。先月号までは堀口大学のお嬢さんが堀口家の「言葉」について書いていらっしゃる、とのこと。それをきいて私は電話先で即座にことわった。

我が家は四人の子ども以外、塾の子どもたちが毎日、出たり入ったり、とてもにぎやかだった。その子たちの会話はごく平均的な家庭の言葉だったと思う。それでも自転車は「チャリンコ」だし、「こわい」は「こえー」だし、「やばい」という元やくざ言葉は「やべー」となって高頻度で使われているし、「〇〇じゃんか」という物言いは普通だった。我が家の子どもたちも当然その仲間である。私はそんな子どもたちに毎日、取り囲まれ、「こえー」「やべー」「じゃんか」に攻めたてられ、これにいちいち反発していては彼らと自在なコミュニケーションが立ちゆかない状況に追い詰められていた。それに個人的な性格もあるのだろう、私は伝染《うつ》りやすい性質《たち》なのである（関西に旅をすると、買い物の店先ですぐにイントネーションがおかしくなる）。それで私は忘れ物をすれば「おっ、やべー」と、心中、叫びながら走って帰る、包丁を床にとり落として「わっ、こえー」と思わず声に出したり——そんな始末になりにけり、といったところだったから、「家庭の言葉」で堀口家の後継ぎになるなど、それこそ「こえー」話だったのだ。

もちろん、私も場所柄や相手で使い分ける。編集者と喫茶店で会ったときは年齢相応の常識的な言葉を使う。しかし、時々、「こえー」が出そうになってあわてて「こわい」に舌先で変換するのだが、そのとき、かすかに抵抗感があって、われながら「こえー」が体にしみこんでいることに気づき、あきれてしまう。しかし、私はもともと出雲弁で育ったので言葉をしょっちゅう変換しなければ東京ではやっていけなかった。この抵抗感、境界線の乗り越えはいつも身にまつわりついていたから慣れたものである。

同じ社会のなかでの日常の言葉の境界線はいつの時代も、どこの国でも社会階層に即して上中下の縦割りであるらしい。つまり、富裕層、中間層、低所得者層の縦割りである。また、中央集権国家の成立以来、この上中下以外の差別構造として、方言もからんでいた。

今、方言は衰退の一途にあり、差別感は希薄になっているが、かっては東北や出雲のなまりはズーズー弁などといわれ、さげすまれていた。最近私は出雲弁で昔話の語りをする機会がふえた。語る私も聴いてくれる人も、それぞれ母語はちがうけれど、同じひとつの輪になって、出雲弁というマイナーな言語の生きる場を楽しむことが出来ているように思う。それは話し手も聞き手も昔話を楽しむという立場から出雲弁を文化として認めているからのことだ。が、皮肉なことに、昔話の語りがあちこちで盛んになった今、地方語は衰退し、出雲弁も日常の言葉としては地元ではほとんど死に体、といってもいい。そのかわり、出雲弁の研究や保存の運動は目に見えて盛んになっている。大衆芸能を愛してやまない小沢昭一が「『保存会』ができたらもうおしまいだ」といっていたのが思い起こされる。死にそうになって初めてその文化的な価値が意識されるとは──絶滅危惧種になって初めて大切にされる動物みたいなものだ。出雲弁がいちばん生き生きと日常語として跳躍していたそのとき、子どもだった私たちは学校教育で出雲弁が劣等であると、おしえられたのである。私自身は祖父母の言葉が劣等であるとはとうてい思えず、出雲弁が通用する範囲が狭いのだ、と考えていた。だから、東京へ出て、共通語を話すときは境界線は下から上へではなく、横っ跳びに越えた。しかし、下から上へという意識で越えた人も少なくないだろう。なにしろ昭和三十年代、東京は経済的にも文化的にも憧れの的だったのである。たとえテレビの影響を差しひいても下から上への上昇感覚がなかったら、出雲弁は出雲地方でもこれほど衰退しなかっただろう。

さて地域の差ではなく、社会の階層による言語格差の問題はそう単純にはいかない。言語学者の田中克彦は『ことばの差別』（農文協）という著書のなかでその問題に率直にふれている。

彼は、ことばは「運動感覚」としてひとつの共同体に共有されるものであり、その限りではどんな言葉も同等であると考える。つまり、私の言葉にかえれば、どんな地方、どんな階層もそれなりの言葉の海をもっている、ということだ。それぞれの海の潮流は時代とともに変化する。変化はあたりまえ。そうでなければ、よしもとばななも源氏物語も同じように苦もなく読めるはずだ。潮流の変化は、同じ日本語同士であれば階層のちがいを超えて、互いに影響しあう。その影響のあり方に差別の問題が関わってくるのである。変化は社会も我が家も同じこと、「やべー」のように、たいてい下から上にやってくることが多い。そこで上から下に苦情が出る。親から子どもに、教師から生徒に、文化人から非文化人へ「ことばがみだれとる」と、苦情が出る。その苦情にはたいてい規範意識がともなっている。自分のものさしが言語の規範なのだ。田中は「近代言語学が、思想的になにか意義を持っているとすれば、ことばと人間をおどしつけ、しばりあげてきた規範が、他の社会的制度と同様、純粋に相対的なものだということを示した点にある」という。さらに「言語は、規範から外れるという、この誤りなしには決して変化しない。だから、言語の歴史は誤りの歴史である以上、どの言語も誤りのかたまりのようなものだ」という。つまり、「やべー」がいつの日か上層に立つ人の規範的な位置にたつ言葉になりうるということだ。

私は基本的に田中克彦の言うことはほんとうだと思う。しかし、社会階層の上下は方言ほど明確な区別はない。さまざまなグラデーションを成し、曖昧に入りまじっている。自分だってどこかに位置し、いつもさまざまに揺すぶられながら、私なりの境界線を引いているのである。言語学の客観的な立場を理解することと、日常のなかで言葉によって人間関係を生きている生《なま》の感覚はそう簡単に一致しない。社会階層のなかで言葉の海を乗り越えるのは、とくに上から下へ移行するのは、もうすでに母語、あるいは私のように第二母語を身につけている年齢では身体的にも精神的にも困難である。「やべー」「こえー」は入ってくるけれど、どうしても我が家に入ってこない言葉もあるのだ。その一例が「クソババア」である。そこで私はこの文で田中克彦の理論の実験的証明を試み、自ら境界線を乗り越えて、「クソババア」の相対的な位置を回復してみたいと思う。

我が家のある住宅地は庭は狭く、塀も低く、ごちゃごちゃとしていて、源氏物語の夕顔の家みたいに「北隣さんよ」と、窓越しに隣と会話も可能。お互いの家庭の親子喧嘩も筒抜けである。時々、「クソババア！」という声が飛んできたりする。娘がそれをきいて感に堪えたように言った。「どうしておかあさんにあんなことが言えるんだろう。私は絶対言えない」。しかし、この娘だって「クソババア」こそ登場しなかったけれど、中学時代の反抗期はなかなかのもので親子の対立はそれなりに激烈だった。

「クソババア」家庭はそう珍しいことではない。塾にはいろんな家庭の子が来るのだ。中学生同士の会話を耳にはさむと、自分の母親のことを「あのクソババアがよ」などと言っていたりする。わたしはそれを聞くとどうしても胸がぞわぞわして不愉快な気持ちになる。しかし子ども同士の会話に入り込んで「そんな言葉づかいはやめなさい」といえば、わたしが子どもたちにとって第二の「クソババア」になることは目に見えている。だから言えない。末の息子の同級生のKくんもその組だったが、息子は中学生時代、一時Kくんの家に入り浸っていたことがあった。中学卒業後、Kくんの「クソババア」がなにかのとき話題になったとき、彼は言った。

「あれもコミュニケーションの一種なんだよ。クソババアとクソガキでラリーをやってんだ。どうってことないよ」

私にはどうしてもそのラリーのリアリティがつかめない。

「ラリーになるってどういうこと?」と、たずねると、

「クソババアといっても親はショックを受けないんだ。Kくんのお母さんは顔色一つ変えないで、平気でいる。空気が動揺しないんだよ。自分も親にそう言って育ってきたんじゃないのかなあ。要するにそういう家なんだ」

そこで私はラリーを想像してみた。

「クソババア、腹へった」

「疲れてんだよ。テメーでなんとかしろ。このクソガキ」

これではどうしても親子関係に荒廃の匂いがしてしまう。私は階級的偏見から足が抜けていないようだ。そこで別のヴァージョンを考えてみる。

「クソババア、腹へった」

「うるせーな、クソガキ。もうじきだよ。あと五分で炊飯器が切れるんだ」

これでは「クソババア」の必然性が希薄でもうひとつリアリティに欠ける。「クソババア」はやはり罵倒の言葉、喧嘩の武器に限られるのだろうか。いやいや、言葉というものは状況と場面に応じ、さまざまなニュアンスを帯びるはずだ。「バカ」も「おたんこなす」も罵倒の言葉ではあるが、時にはたまらない親愛の情を伝えることがある。きっと「クソババア」も同じはず。そう思うと私の「クソババア」をめぐる想像力の貧困さはなんとも情けない。想像の上で境界線を越えるむずかしさが身にしみてきた。

そんなことをあれこれ考えているうちにふと自分の小さな体験を思い出した。

もうずいぶん前のことだ。小学校四年生の男の子が私に面と向かっていきなり「クソババア」と言ったことがあったのだ。その子はまだ塾に入って日が浅かったから、大人を試してみたかったのだろう。そのときの自分の反射は意外だった。私はその子に「なんだこのクソガキ」と言い放ったのである。そしてその子の頭を胸にかかえ、手で髪の毛をくしゃくしゃとなでながら「おばちゃんにそんなことを言うんじゃない。今度言ったら許さんぞ」とその子の耳に口を近づけて言った。

今、あのときのことを思い出し、少し「ラリー」の意味が溶けだしてきた。その子に言葉づかいを注意したり、まったく無視したりしたら、その子はやっぱりそうか、という判定を下し、私という大人に距離をとっただろう。それも一つの選択で大人のあり方としてまちがってはいない。そういう大人から子どもはそれなりのことを学ぶだろう。しかし、私はそう言いたくなかった。私は大人に向かって試しに「クソババア」と言ってみたい十歳の男の子をかわいいと思う。その時もそう思ったにちがいない。その気持ちを隠さず「クソババア」を制するには、すかさず「クソガキ」を返し、その子を抱きしめて「ダメ」というほかなかったのだ。それは私の子どもたちとの距離のとり方、いや縮め方であって、正しいとか正しくないとかという問題を超えている。私はそういう性質《たち》の人間だ、というしかない。私はいつも子どもたちの領域に飛び込んで相手の胸ぐらをつかんでコミュニケーションをとりたいのだ。だから、実際に「クソババア」が飛んできたとき、ついつい回転レシーブをしてしまうのか、と、あらためて現場に身をさらすことの大きさ、言葉が身体的な反射であることが胸に落ちた。幸いにして中学生に「クソババア」と言われたことはない。言われたらどうするか、それは相手と状況次第、どんなときでも私は私であり続けるしかない。

このことを思い出し、少し、ほっとした。しかし、Kくんの家のリアリティには達していない。そこで私はあらためて息子にその点を追求してみた。彼はある場面を思い出して語ってくれた。

遊びに行ってKくんの部屋にいると、お母さんが顔を出す。Kくんは照れ臭いのと、うざったいのとでこう言う。

「クソババア、はやくあっちに行けよ」

するとお母さんは遊びに来ている息子のほうを見て笑って言う。

「まったくねえ。うちの子はどこでこんな言葉をおぼえたんでしょ。ほら、これ」

そしてポテトチップスの袋をポイと部屋に投げ込んで行ってしまう。

なるほど、ここでは「クソババア」にちょっと恥らうお母さんがいるだけで、そのことで空気は微動だにしていない。Kくんと Kくんのお母さんが共有する言葉の海は、思春期の息子と母親の間に流れるちょっとした照れで薄ピンクに染まっているだけだ。大人になった息子の言だが、Kくんのお母さんは肝っ玉おっかさんという感じでKくんをしっかり愛していたそうだ。そのせいか、Kくんには、どこかかわいいところがあって女の子にもてたという。「クソババア」が属する海の匂いが私にも少し届いてきた気がする。

どんな言葉も言葉それ自身には罪はない。同じ言葉が人間関係のありようしだいで暴力にもなるし、複雑な情愛を伝えたりもする。「クソババア」でさえそうだ。しかし、私の母語のなかに「クソババア」は今のところ生理的に入らない。これは仕方のないことだ。私は私の母語を生きるしかない。だが、世の中には上にも下にも私が入れない海があって、その違和感を拭い去ることはなかなかできない。しかし、その違和感をもとに自分の言葉を他者に対して規範にしてはならないと思う。言葉自体として「美しい言葉」とか「正しい言葉」は存在しないのだ。すべてその言葉を使う人間と人間の関係のありようで美しくも醜くもなる。そのことは肝に銘じておきたい。

木下順二は人民の敵か

「正しい日本語」というユーレイ3

いまどき、子どもの勉強塾としてはあろうことか、私どもの塾では演劇祭という文化行事をおこなっている。毎年、一月から練習を始め、三月の末、三日間にわたって発表するのが恒例である。いや、発表するというより上演する、といったほうがいいくらい本格的だ。もちろん、小、中学生が出演するのだが、くわえて社会人になった卒業生や大学生が中心になって、シェークスピアなど大人向きの演劇も上演する。演出そのほか進行の要は長谷川宏。夫はどうやら農耕民族のＤＮＡが濃厚らしく、雪がとければ苗代作り、次は田植え……農事暦ならぬ塾行事暦を忠実に踏んで、春は演劇祭、夏は長野合宿、冬は百人一首大会と、毎年、大勢の子どもや若者を巻きこみ、全精力を注いで年中行事を組織してきた。そういうわけで、いつのまにか回を重ね、今年はなんと三十三回目の演劇祭だった。初回、二歳だった長男はもはや三十代半ばである。四人の子どもの子育て中はなにかと忙しかったし、子どもたちが成人してしまうと、

私は気力、体力とも不足気味でまわりをウロウロ――、衣装を考えたり、OBの練習のあとの会食の用意をしたり、気になる子の演技にちょこっと口出ししたり、まあ、たいしたことはしていない。しかし、稽古をふくめ、ずっと至近距離で芝居を見続けてきた濃厚な観客ではあった。

中学生たちがよく取りくむ演目に木下順二の『おんにょろ盛衰記』がある。今までに七回とりあげた。中学生といっても、主人公のおんにょろは二十歳前後の青年がひきうけ、暴れん坊のおんにょろに手を焼く村人たちを中学生が演じるのである。一人の青年を囲む七、八人の中学生というまったくの素人集団が芝居を作り上げていく過程はドラマに満ちている。演劇祭経験のある青年が魅力的な磁力線を発して中学生たちを芝居の渦のなかに巻きこんでいかなければならない。中学生もその年ごとにいろいろで、真剣に打ち込む子がいると、最終的にはおんにょろ役がたじろぐほどの迫力のじいさまやばあさまができあがる。しかし、劇作りの話にのめりこむのはやめよう。今回はこの戯曲の言葉について、上演の現場からの報告と考察である。

この戯曲は『夕鶴』などと同じ民話劇で、どこの地方とも特定できない木下順二独特の田舎言葉で書かれている。たとえば、村人の会話はこんなふうだ。

「なんしろまあ、どひょうしもねえ疫病神が舞い戻ってきたもんだわ」

「あらァまた、ぜんてえいつの間に村へつん返ってきよったもんだ？」

中学生は最初、本読みの段階では戸惑って、つっかえ、つっかえ読む。しかし、何度もくり返し読んでいくうちに、フレーズ全体の流れにしだいにのれるようになってくる。そうなるとリズムが弾みだし、かえって歌のように覚えやすい。活字でその体感を表現するのは不可能なのでいささか気がもめるけれど、右のセリフでも口に出していってみればすぐわかるだろう。たいていのセリフが一、二、一、二、と脈うっていて、言葉がスキップして前へ、前へと進んでいく。口にしているうちに、マリが弾んで転がるような、東北ふうのもの言いが快感になってくる。舞台の上で跳躍するこのセリフが集団の掛けあいで生き生きしてくれれば、この芝居はたいてい成功する。特におんにょろ役の青年が、勢いのいい長ゼリフを、はねるように、はじくように、声にしてふりまけば、言葉のつねで、これは確実に周囲に波及する。伝染《うつ》るのである。

我が家の子どもたちも小学生だった頃、この練習をじっと見ていて、おもしろいところはすぐ覚えてしまった。ちょっといいにくいセリフを中学生が何度も口にして練習すると、稽古を見ていた四人の子が、夕飯のとき、そこをうまく言ってのけるのが競争になったりした。それは「月の五の日にゃ、村方総出で初盛りかかえておこもりだ」というセリフで、私でさえそらで覚えている。この早口言葉競争はいまでもときどき家族で思い出して笑い種《ぐさ》になる。

村人がみんな恐れる暴れ者のおんにょろを手放しで信頼し、手なずける老婆が登場するのだが、このセリフがほかとちがい、ちょっと間延びした春の日の陽だまりのような雰囲気があって、またいい。死んだとっつぁまと孫息子にあわせてくれるという約束を信じ、おんにょろを待っていた老婆のセリフは傑作だ。

「おめえ、何を今までぐずらぐずらと、どこで得知《えし》れねえひま暮らししとっただ？」

私はこのセリフが好きで、食事に遅れた息子や娘がひょいと目の前に現れたりすると、「どこで、ぐずらぐずらと、えしれねえひま暮らししとっただ」と、よく、言ったものだ。こんなふうに楽しいセリフは我が家の日常生活にも入り込んだ。

どうしてこうなるのか。言ってしまえば言葉の魔力。音とリズムで織りなす言葉の波がわき立ち、わき立ち、小さな海になり、そこに言葉の共同体が出来上がっていくからだと思う。そこには紛れもなく複数の人間をまきこんで身体をゆすぶる運動がある。言葉が生命をもってくるのだ。舞台の上でおんにょろ語を生きる中学生たちにとっても、伝染《うつ》ってしまって暮らしのなかで楽しんでいる私にとっても、それが木下順二という個人の作り出した言葉であるといわれても、そんなことは意識の外、海の外、どうでもいいことになってしまう。

ところが七、八年前、『日本語の世界』（中央公論社）という叢書のなかで木下順二が書き下ろした『戯曲の日本語』を読んで驚いた。私をびっくりさせたくだりを引用しよう。

もう二十年以上前のことになるか、鶴見和子さんが「柳田先生があなたのことを『人民の敵』ですっておっしゃてたわよ」といった。「そして木下君を一度連れて来なさいって。」それはその頃までに私が民話を素材として書いていた戯曲の中のいわゆる方言の使い方に関してのことだそうであった。（中略）言葉――この場合は〝方言〟といったほうが分かりやすいだろう――というものは、土地の風土や生産と分かちがたく結びつきながら代々語られてきた、いい換えれば発達してきたものである。それを一人のもの書きが、いろんな言葉の歴史性を捨象して、勝手に各地の言葉を混ぜ合わしてせりふを書くというのが「人民の敵」的行為だ、というのが、柳田氏のお考えの中に含まれているおもな点の少なくとも一つであったろうと私は推測する。

これを読んで私は唖然とした。それでは柳田国男にとっては「おんにょろ語」を楽しんだわが塾の中学生や青年は「人民の敵」に与した「人民の敵」なのか、この本を選んだ私たちも喜んだ観客たちも「人民の敵」、いや「人民の敵」にたぶらかされた無知蒙昧な民なのか。「連れて来なさい」という柳田の頭には「ほらほら、木下君、中学生にまでそんな言葉を吹き込んで、君はどう日本語の歴史に責任を取るんだ」という説教がきっと待機していることだろう。大衆というものは言葉を指導しなければならない、木下順二はもの書きとして指導者の立場にあるはずなのに、その役を逸脱、放棄しているではないか、と柳田は考えているのだと思う。私には「連れて来なさい」という言葉が些細なようだが実に意味深長に思える。もし、柳田が生きていて、町の片隅の小さな塾でこの劇を練習している中学生たちがいることを知ったとしたら、やれやれ、と思うかもしれないが、その中学生たちを「一度おいでなさい」と招くことは決してなかっただろう。柳田は国語の先生方の先生、指導者の指導者なのだから。しかし、標準語だ、方言だ、といった国語問題にさして興味のない、ごく普通の生活人、つまり〈人民〉にとっては言葉は空気のようなもの。「おんにょろ語」も中学生にとってはちょっと日常からはずれた遊びの言葉にすぎない。その意識の差をくっきりさせるために、ここで我が塾の中学生たちが柳田校長に呼び出された図を想像してみよう。


柳田「君たちねえ、あの言葉は日本語として根拠がないんだよ」

「はあ……?」

「でもさあ、意味通じるよな」

「あれ、日本語だよな」

「日本語の根拠っていわれてもなあ……」

「俺たちいつも根拠がある言葉、話してんのかなあ」

「根拠ってなんだよ」

「そんなこと考えてやってらんねえよ」

柳田「根拠がないというのはね、あの言葉がどこの地方の言葉でもないということ、作者が勝手に作った方言なんだよ」

「へーえ、そうなのか」

「でも、だから、どうしたって感じだよな。俺たち作者の名前なんか覚えてないしぃ」

「なんで、それやっちゃいけないの？　おもしろいのに」

「どっかの言葉ってきまっているものじゃなきゃ、言葉って、使っちゃいけないの？」

「だいたいさあ、言葉って、使っちゃいけない、なんていわれると、俺たちつい使いたくなるんだよな」

柳田「いや、君たちも日本語の歴史をちゃんと勉強すれば、おいおいに分かってくるだろう」

柳田国男先生も中学生はきっと手に負えないことだろう。

さて、一方の木下順二自身の弁明はこうだ。作品集II『おんにょろ盛衰記』（未來社）の後半につけられた竹内実との解説対談でかれはこういっている。

簡単にいうと、現実的には、どこの地方でも通用する日本語というものがほしいわけです、芝居で。それはたしかに、標準語と称するものがあるんだけれども、これにはどうもエネルギーがない。（中略）現代の標準語ではどうしても内容が伝えられないということで、あっちこっちのことばをこねあわせて、ぼくなりの、どこの地方でも通用するし、民話の持ってるニュアンスと、それなりのエネルギーが表現できるという、そういう芸術語を、つくり出したわけ、

このあと彼はそういう言葉を創出する武器として『全国方言辞典』をひきまくったことを語っている。さらに前出の『戯曲の日本語』のなかで

標準語という名の消しゴムで、いわゆる方言の中にある良い、美しい、豊かな要素を消して行くというのは、日本語を痩せさせていく方向にむかうことを意味するのであって、いわゆる方言の中にある良い、美しい、豊かな要素が、全国語としての日本語に登録されるという方向こそが願わしいと私は思っている。

と書いている。

方言のエネルギーや豊かさが切ないほど身にしみている私としては木下順二の立場に大いに同情、理解するけれど、「おんにょろ語」が「芸術語」であったとは驚いた。たしかモリエールの喜劇に「散文」という言葉を知った男が「私が話している言葉が散文だったとは、知らなかった」と驚く話があるが、私が暮らしのなかで、子どもたちに向かってつい言ってしまう「ぐずらぐずらと、どこでえしれねえひま暮らししとっただ」が「芸術語」であったとは知らなかった。「芸術語」とはなんぞや、とキツネにつままれたような気分だ。それに「芸術語」という名づけのむこうに「芸術家・木下順二」がほの見えてきて、こちらは鼻白んでしまう。幸い、この言葉は木下順二の友人、森有正の反対ですぐ引っこめられたらしい。

それにしても柳田国男の非難も木下順二の弁明もおかしいぞ、という疑問の雲がもくもくと私をつつむ。何がおかしいか——それは複数の人間の間で、言葉が声になって、ピンポン玉のように行き交うときに帯びる言葉の生命力をふたりとも問題にしていないからだと思う。言葉は歴史的根拠で生きるのではない、芸術だから生きるのでもない。いったん生命力を得たものなら、出自などどこ吹く風、やくざ言葉であろうと、書生言葉であろうと、個人が言い出した言葉であろうと、子リスのように跳ねて飛んでどこへでも散っていく。いや、やくざ言葉だって、だれとも知れない個人が言い出し、周囲に「その言い方、気に入った」と受容され、広がっていったのにちがいない。歴史のうえではるかに遠い村落共同体のなかでもきっと同じことが起こっている。だれかが言いはじめ、おもしろい、好ましい、と受容された言葉が、生命をもって共同体のなかに根をおろしていったのだ。すべては名も知れぬ個々の人間から始まっているはずである。そして、次々と根拠のない言葉が入り込み、消長さまざまに日本語を変化させてきた。方言だって長いあいだにはずいぶん変わってきているはずだ。

人が「その言葉、いいぞ、おもしろいぞ」と思う理由は、もちろん意志伝達のうえでの便利さや、目新しさ、意味の鋭さ、あるいは曖昧さ、といろいろあるだろうが、根本的には声にしたとき、耳を打ったときの響きのニュアンスと生理的なリズムの快感が大きいのではないだろうか。赤ん坊が言葉を学んでいく過程を見ていても、いつもそのことを感じる。耳を打つリズムと声の響きの心地よさがまず赤ん坊を揺さぶり、体内の鼓動と響きあって生命感の高揚を導くのである。その高揚感あってこそ赤ん坊は言葉に積極的に向かっていく。そのことを子どもを育てる大人たちは昔から知っていて、リズムのある、口にのせやすい温かい言葉で赤ん坊に呼びかけてきた。「マンマ」「ババ」「ジジ」「メンメ」「ポンポン」みんなそうだ。このことを私に最初に示唆してくれたのは、ほかでもない、かの校長先生、柳田国男である。彼は過去に向かえばいつも豊かな民俗的埋蔵品を掘り出してくれるのだ。『分類児童語彙』という彼の仕事はかつて保育士をしていた私をどんなに励ましてくれたか、絵本を作るうえでどんなに私の支えになってくれたことか、これだけは心底、ありがたいと思っている。とまれ、どの民族の言語もどこの土地の方言も、それぞれの言葉の海にのって響く音の快感、リズムにのる喜びで、言葉は育ち、躍動し生きていく。

「おんにょろ語」にもどろう。木下順二が作り出したセリフはみごとにこの条件を満たしている。その隙のなさは驚くばかりだ。たとえ出自があいまいでも、つまり、いろんな言葉のかけあわせの私生児でも、言葉の生命力が確実に宿っている。エネルギーがある。そういう言葉は人々の間に投げ出されたとたんに言葉独自の力で動き始めるのである。柳田国男に出自を難詰され、なんとかかっこつけようと逆立ちして「芸術語」などといわなくてもいいと思う。そんなことを言えば、人類はみんな芸術家なのだ。私が大切に思うのは言葉によって、そこに集う集団がみんなでダンスを踊るように、心と体が一体になって、温まっていく、そのことの原始的な歓びである。それこそが文学の遠つ祖《おや》であり、いまなお脈打つ文学の命なのだ。シェークスピアも近松も黙阿弥もひとりで芸術家になるのではない。『戯曲の日本語』のなかで木下順二はちらっと書いている。

この芝居に出演した山本安英さんは、私も永いこと役者をやっているけれど、せりふでこれほどお客が笑った芝居は初めてだという意味のことをいっていました……

そうでしょう、そうでしょう、と、私は山本安英さんと手を取りたくなってしまう。彼女はきっと、観客の笑いと呼応して、熱くなった体からセリフが喜びをもってとびだしてゆく快感を味わったにちがいない。演じるということ、いや、言葉を声にして他者に発するということ、それは耳で言葉を受けとめる相手の心の動きとのコレスポンダンスなくしては続かないし、お互いが高揚していくこともできないのである。その関係が成立したとき、言葉は研究者や管理者の思惑の外に出て、生きものになる。言葉は人と人との現場で呼吸する。現場の温もりを体験しない文化人が戯曲を孤独のうちに目で読み、言葉自体を取り出して、標本のような扱いをし、ああだ、こうだ、「人民の敵だ」などといっても、現場ではねまわるそのエネルギーはどうしようもない。だから、方言を駆逐するのにどこの国の権力者も人を抑圧し、強制するのだと思う。遠い遠い昔から、現場の自由と心からの楽しさこそ言葉を豊かにしてきた。囲炉裏端で語られてきたたくさんの昔話もそのエネルギーあってこそ伝えられてきたのではないだろうか。「おんにょろ語」のエネルギーは共通語にないリズムと音韻で私たちを揺すぶり、楽しませ、日常の言語生活まで豊かに彩ってくれたことはまちがいない。

「あんもち」か「あんもつ」か

「正しい日本語」というユーーレイ4

私の故郷の出雲では秋、稲刈りが終わると、刈穂がつんつくしている田んぼのあちこちにススが立つ（出雲訛りを活字にするのは至難の業——ここでは仮にススと表記することにしよう。ほんとうはスとシの間の微妙な曖昧音である）。ススとは、稲わらを二メートルぐらいの高さの円筒形に積んだもので、てっぺんは円錐状のおだやかな屋根の形をしている。中は稲わらがぎっしり詰まっているはずなのだが、外見は絵本によくある「三匹のこぶた」のわらのうちに似ている。北風が吹きすさぶ真冬に、刈田にポコポコと立っているススを見るたび、子どもの私は、なかにこぶたが住んでいるような気がして何だかあったかい気持ちになったものである。

関東生まれで出雲に嫁した私の母はこのススの発音にいたく悩まされていた。九十歳になった今でも上手にできない。彼女はときどき、おもしろがって、関東ふうにシとスを歯切れよく区別し、子どもの前でやってみてくれた。

「いったいあれはほんとは何？　ススス？　スシス？　スシシ？　シスス？……」

いわれるたびに私は私で悩んだ。共通語の清音に直した場合、スススは幾通りの言い方が可能か、という数学の問題を出されたような気分になったのである。

長じて得た知識によると、どうやらスススは猪巣《ししす》らしい。はるかな昔、人々はあれを猪の巣のように見たのかと思うと、こぶたの家と思った私の子どもっぽい連想との奇妙な一致にちょっと唖然としてしまった。

しかし、そんなことを知ったからといって、出雲弁を話す人たちに、ＮＨＫのアナウンサーのような発音で「『ししす』が正しいのですよ」という気にはとてもなれない。私にとって、田んぼに立つこぶたのわらのうちはスス以外の何ものでもないのだ。出雲訛りのしっとりした温もりがイメージとかたく結びついている。

発音と表記の問題では、我が家では忘れられない事件があった。祖父が買い物帳に「あんもち」と書くべきところを「あんもつ」と書きつけていたのである。それを知った母が驚きを隠さず私にそのことを話した。もとより祖父は田舎ではインテリの部類で、「松江の中学でアリストートルの倫理学ちゅうもんを習ったぞ」などと私に語ってくれるような人だった。だから「あんもつ」の話を聞いたとき、あの祖父がなぜ、と心が波立った。しかし、私は今、祖父の言語感覚がわかる。スススをシシスと書く気にはならないのと同じだ。祖父にとっては「あんもつ」がごく自然で、「あんもち」にはどうしてもゆずれない生理的違和感があったのだと思う。「あんもち」では口中、唾する思いになれないのである。

さあ、気宇壮大に大きく考えよう。「あんもち」が正しいか、「あんもつ」が正しいか、それは歴史の偶然のようなものだ。もし、出雲か東北地方に首都があり、その発音が全国区に登録されれば、世は「あんもつ」のもの。「あんもち」と書いた人が笑われることだろう。いや、もっと正確に考えれば、万葉時代のように、今の五十音以外の子音や母音が必要になるはずだ。そう考えると、出雲や東北圏などの発音を除外した現在の表記法自体、柳田国男流に言えば、何割かの人民への裏切り、といってもいいだろう。

こんな想定は荒唐無稽の話のように聞こえるかもしれないが、ヨーロッパの国々では、よくある言語のせめぎあいである。たとえば、チェコから分離独立したスロヴァキアの例。まだチェコ・スロヴァキアという国があったころ、チェコ通の友人に聞いたのだが、チェコの首都プラハではスロヴァキア訛りは日本でいう東北弁のように田舎っぺ扱いされるということだった。いまやスロヴァキアは独立した国家となった。スロヴァキア語の「あんもつ」の正当性も樹立されたことだろう。

が、誤解しないでほしい。私は、虐げられた人民のために東京文化圏からの東北・出雲独立運動をやらかすつもりはない。ここで考えたいのは方言の表記、つまり、活字上の文字言葉になった方言の生命力の問題を考えたいのだ。で、その大前提として、いかに正確を期そうとしても、出雲弁をひらがな、カタカナに移し変えることはできないこと、せいぜい努力をしても近似値にすぎないことを覚悟したいのである。もちろん、それは出雲弁、東北弁だけの問題ではなく、関西弁や九州弁、宮崎や茨城のイントネーションなど、たくさんの地方の言葉が多かれ少なかれ、同じ問題をかかえていると思う。

数年前に出した『人形の旅立ち』（福音館書店）という自分の児童文学作品でもそのことを痛感した。会話のなかに出雲弁を生かそうとし、なるべく地元の発音に近い形、つまり「ススス」「あんもつ」路線で文字化したのだが、書きながら、どんどん違和感が広がるのをどうしようもなかった。出雲の人なら、活字からもとの発音を想像しながら読むだろう、しかし、一般の読者は訛りのない、澄んだ発音で読むにちがいない。それは出雲の人の発音とはちがうと思うのだが、他にどう表現しようもないのだ。広島にいたことのある人がこの作品を読んでくれて「なつかしかったあ」という声をよせてくれた。たしかに訛りを払拭してかな書きにすれば、他の西の国の方言とあまり変わらなくなる。私の「ほんとはちがう！」という内心の声をよそに、方言を生かしたこの作品を「なつかしい」と感じてくれた人は少なくない。それも西国の人だけでなくどうやら全国に広がっているらしい。しかし、その違和をなくすためにこれを共通語にしてしまったら文学としての匂いも手触りもきっとなくなってしまったことだろう。いや、出雲という山陰の風土への思いが創作への大切な追い風だったことを思うと、たとえ活字になった不正確な方言でも、方言なくしてこの作品は生まれなかったのだ。

そんな複雑な思いを抱きながら『人形の旅立ち』を書いたのだが、他の人の方言の作品を享受する段になると、これはまた立場一転、不正確もなんのその、手放しで楽しんできた。それは主として子どもたちといっしょに読んできた絵本である。

一九七八年に刊行された梶山俊夫作・絵の『かやかやうま　上総のたなばたまつり』（童心社）は忘れられない。この絵本によると上総では六月の下旬からまこもで「かやかやうま」が作られる。うまの市も立つ。たなばたは八月七日。朝早くから子どもたちはかやかやうまの背にかやかや（炊きつけ用の杉の枯葉の束）をつけて村はずれの水口までいき、かやかやを川に流すのである。祭りの始まりからクライマックスまでの進行が、ごく普通の文で簡潔に語られ、その合間に土地の子どもや大人の声が入る。こんなふうに。

八月七日　朝

けむりたつ

おどさんと　おかさん　もちをつく

小麦粉で　ふかしまんじゅうもつくる
まだまだ　くらい
はあ　おきろやぇ
かやつけさ　行《え》ぐべよーーー
はやく来《こ》ぉま
かやつけさ　えぐべよ

絵とあいまって、朝まだきのひんやりした空に響く村の子どもたちの声が耳を打つようだ。読む私は静かに地の文から入り、子どもたちの声のところで急に声を大にする。何度か聞くうちに我が家の子どもたちは「はやく　こぉま」が大好きになった。読んでいるとき、私といっしょに「はやく　こぉまー」と叫ぶだけでなく、日常の暮らしのなかで母親を呼ぶとき、「はやく　こぉまー」と大声で言ったりして私をびっくりさせた。

私は上総の生まれではないから、私の読み方や発音を聴いたら土地の人は「ほんとうはちがう」と思うかもしれない。しかし、我が家で「かやつけさ　えぐべよ　はやくこぉま」は一世を風靡したのである。懐かしい風物を語る静かな地の文と、生き生きとした土地言葉が交錯するこの絵本に、萱の匂いがする上総の田んぼの夏をはるかに思い、読むたびに私は胸がいっぱいになった。
菊池日出夫の「のらっこ」のシリーズも楽しい。一昔前の信州の子どもたちの自然に恵まれた遊びが春夏秋冬、展開される。今手元にあるのは冬版『もりのスケート』(福音館書店)。こんなふうに始まる。

「おい　ひでちゃん、スケートに　いかっちょ」
「そとは　さむいずら」
「みんな　まってるずら」

この「ずら言葉」はまねしやすいし、おもしろい。意味はよくわかるから読むほうも安心して信州の子どもたちに感情移入できる。子どもは大人とは比べものにならないほど言葉には敏感で、おもしろい言葉、普通でない言葉が大好きだし、すぐにふざけたがる。この本が出たときには我が家の子どもたちはもうとっくに成人していたので、実際に暮らしのなかで「ずら言葉」で遊ぶ子どもを目の当たりにすることはできなかった。しかし、家庭でこの本を何度も読めば、「ずら言葉」がはやること、うけあいである。ああ、口惜しい、子どもが小さかったら楽しい「ずら会話」ができたのに……でっかいおっさんやおばさんになった子どもたちがうらめしい。
『じごくのそうべえ』（田島征彦　童心社）は桂米朝の落語をもとにした愉快な関西弁絵本だ。地の文も会話も徹頭徹尾、関西弁を貫いている。私はおぼろに聞き覚えのあるイントネーションを思い出しながら、「ここ、どこやろか。死んでしもたんや」などと、自前の関西弁で遠慮なく読みまくる。テキストがよくできているせいなのだろう、これが結構リズムにのっていける。子どもたちは笑いこけること。あんまり笑って椅子から転げ落ちた子もいる。もちろん、聞く人が聞けば、私の関西弁など危うい、いんちきなものだけれど、絵本読みの現場では正真正銘の笑いと精神の高揚がある。私だけでなく子どもたちもこの絵本の関西弁から上方文化の強烈な匂いとエネルギーを感じ取っているにちがいない。そして、この本が長いこと読み継がれているということは、日本全国の親や保育者が関西弁ならぬ関西弁で子どもたちを楽しませていることを証明しているのではないだろうか。

木下順二の『かにむかし』（岩波書店）にはかなわない。少年時代を過ごした熊本での九州弁体験がもとになっているとはいうけれど、戦前に出た雑誌、「昔話研究」をめぐって九州で採話された昔話の忠実な記録と比較してみると、木下順二の再話はとても九州弁とはいえない。それがいちばん顕著なのは、彼の語りに使われる「……そうな」という表現。九州、熊本では「……げな」と語られるのが一般的だ。はっきりと九州弁なのは、「いっちょ　くだはり、なかまになろう」「なかまになるなら　やろうたい」という問答と、〈さるのばんば〉に帰ってきたさるが「ああ、さむか　さむか」というところぐらいだろうか。しかし、忠実な九州弁よりもはるかに読みやすく、独特の語りの文体で、読む人をワルツのように躍らせながら先へ先へと誘っていく。この誘いのワルツの心地よさのなかに九州の香りを巧みに放出させているのである。

木下順二の『かにむかし』から考えさせられること、それは、活字になった文学としての語りの文体は書き手によってリズムも抑揚も、創られ、みがきぬかれるものであることだ。いや昔話の再話だけでない。たとえば、『苦海浄土』や『椿の海の記』を書いた石牟礼道子の作品のなかの美しい水俣方言も然り。熊本に行って土地の人の会話に耳を傾けたとき、文学の方言と日常の落差に驚かされた。彼女の繊細な感性が砂から金をすくいとるように言葉を選びとっていることにあらためて気づかされたのである。そのことからも『かにむかし』のなかの九州弁への慎重な配慮もうなずかれる。

考えてみれば『春琴抄』や『細雪』など谷崎潤一郎の文学の世界も関西弁なしには存立しえない。宮沢賢治の『無声慟哭』、宇野千代の『おはん』、井伏鱒二の作品の広島弁、井上光晴の九州弁、数え上げればたくさんの名作が方言を活字にしてきた。いや、方言の力がそんな文学を支えたといっていい。だからこそ、というべきだろう……それらはみな現場の生《なま》の方言を素材に、作品を貫く文体との調和を考えつつ彫琢《ちょうたく》された方言なのである。

あたりまえのことだが、口語としての方言がそのまま活字になるわけがない。活字として生きる文学の世界では、いったん現場の方言は死に、そして生き返るのだ。土地の人には違和感があるかもしれないが（出雲弁に関しては私にもある）、それは本の言葉としての運命のようなもの。その上でなおかつ、さまざまな方言のおもしろさ、美しさがあり、土地土地の空気や風や匂いがたくさんの名作に盛り込まれてきたのである。昔話に関しても本来口承のものを活字でどう伝えるか、方言の問題も含め、ヨーロッパでも日本でもさまざまな努力が重ねられてきた。昔話の再話とはいえ、それは活字に定着される文学——口承によって洗練されてきた約束事を意識する文学であって、書き手それぞれの格闘の末の表現なのである。活字になった方言に命をあらしめよ、と切にいいたい。

と、高揚したところで、話はおしまいにしよう。

いっちゃぽーんとさけた。

「ウソ」「マジ」考

一般的に言って、私は若い人たちの新奇な言葉づかいに出会って、反射的に眉をひそめる性質《たち》ではない。むしろ、「えっ、どうしてそんな言い方になるの?」と、好奇心をたきつけられ、その言葉にまとわりついている心理的な表情を読みとりたくなる。それには自分で使ってみるのがいちばんだ。それで私は、新しい言葉づかいに出会うと、新しい歌を覚えろ、と挑戦されているような気分になるのである。大きい声では言えないが、私は生来の音痴、歌の音程がうまくとれない。しかし、どうしても覚えたい歌は、歌って歌って歌いまくっているうち何とかなるのである。言葉も同じ、おもしろい新語を状況に応じて、ぴったりに使いたくて、どうでもいいのに、つい努力してしまう。

今でも隆盛を誇っている「ビミョー」という表現。これは従来の「微妙」とはちょっとちがう。たとえば、こんな会話。

「今夜、カラオケ、七時に集まろうっていってんだけど、おまえ、くる？」

「ビミョー」

私たちの世代はこんなふうに「ビミョー」という言葉を使うことはない。「うーんと、どうかなあ……」というような対応をしたのではないだろうか。そういわれれば、事情に分け入って相手の状況を理解しようと思うし、本人もそのあと説明を続けるという気持ちにもなるのである。が、「ビミョー」ではそういうわけには行かない。「ビミョー」のなかには一種の客観性があって、自分の意志に関わることなのに、自分でそこを左右はできないという、状況と自分との、つまり、主観と客観との微妙な融合があるらしい。そこには曖昧模糊とした壁ができる。だから私など面と向かって言われると、ちょっと腹が立つ。自分たちの世代の言葉の海のなかには自分の態度をそんなふうにあいまいにしてある種の壁を作ってしまうような表現は存在しなかった。しかし、実際言ってみると、どんな気分か、私は若い人にたち混じって使ってみたい。リベンジしてみたい。が、これがなかなかむずかしい。「ああ、いつもの電車にまにあうかな、ビミョー」などと使ってみても、ちょっとちがうのである。しかし、私の口をついて出てくる「ビミョー」はそんな使い方しかできない。私はいつかヒットを打とうと思っているがまだ三塁ゴロしか出ていない。どうも対人関係の距離のとり方という根本的な問題と関わっているらしい。

しかし、若い人が持ち込む新語に対していつでも心楽しく接する心境になるわけではない。七〇年代の終わりの頃だっただろうか、高校生たちがなにかというと、「ウソッ」と返すようになった。これには最初、いちいち反発していた。たとえば、

「昨日、電車の中で偶然、〇〇ちゃんに会ったの」と、私が言うと、

「ウソッ」とくる。私はこれを単なるあいづちとして聞き流せない。

「どうして私があなたにそんなことで嘘をつかなきゃならないの。ほんとにきまってるじゃない」

と、ねじこんだりする。当の高校生は私の対応に困惑し、まごついたものだ。しかし、私は自分の野暮をすぐに了解、「ウソッ」といわれても「ほんとなの」と会話を続けることができるようになった。しかし「ウソ」をあいづちの言葉として自分のものにするのはとてもむずかしかったし、今でもこれは反射的になかなか出てこない。「嘘」と相手に断言することにまつわる倫理的なニュアンスを自分で完全に拭い去ることができないのかもしれない。仕方ない、これは降りた。

「ウソッ」の次に出てきたのは「マジッ」である。これは私の性にあっているらしい。「マジ」のなかにある「冗談でしょう?」というニュアンスが好きなのだ。あいづちに使うだけでなく、「マジで、これ、うまいよ」などと、私は年甲斐もなく家庭で常用している。しかし、先日驚

くべき「マジ」の使い方に遭遇した。

その晩、私は珍しく帰宅が遅くなって、少々あせりながら駅の改札を出た。西武池袋線、秋津駅の北口である。ここは商店がほとんどなく、駐車場ががらんと広がっていて、さびしく暗い。足早に行く私の後ろから「すみませーん」という声がした。ふりむくと、私を呼びとめたのは黒っぽい服装の若い男だった。あたりにはだれもいない。暗がりのなか、私とこの人だけが立っていた。

「JRの新秋津の駅ってどう行けばいいんですか」

はきはきとした礼儀正しい物言いである。私はすぐに安心して説明を始めた。

「ほら、そこの細い道を線路沿いに所沢方向に行くの」

するとこの若者は言った。

「マジッすか」

ドキッとしたけれど、私は続ける。

「道なりにどんどん行くと大きな踏切のわきに出るの」

「マジッすか」

「踏切を渡って……」

「マジッすか」

結局この青年は私の説明の間じゅう、生真面目な表情で、「マジッすか」を連発。しまいに私は「ほら、きなすった」と期待まじりにおもしろくなってきたけれど、この小会話はあっというまに終わり、好青年は「ありがとうございました」と言って、暗がりのなかに消えていった。

「マジッすか」というあいづちを聞くのは初めてだった。あぶくのようにこみ上げてくる笑いをこらえながら私は夜道を帰っていったのである。

しかし、これはなかなか使えそうにない。人に説明を求め、その説明に対して、「お前は真面目にそんなことを言っておるのか」という対応はむずかしいではないか。この青年は「マジ」の原義を完全に失っているとしか思えない。

私はこの体験の驚きと困惑のなかで「ウソ」とか「マジ」とかの若い人たちのあいづちについて考えてみたくなった。

一九七〇年ごろまでに成人した人たちだったらまず「ほんと」と、合いの手をいれるところに、若い人の間では「マジ」や「ウソ」がかわって登場してきた。「ほんと」という意味のあいづちはきっと世界共通だと思う。私の知っている言語の範囲でも英語だったらreally、フランス語だったらvraiment、ドイツ語だったらwirklich、チェコ語でもopravduという合いの手がある。この「ほんと」が脇に追いやられ、「ウソ」や「マジ」が主役になっていったのにはそれなりに理由があると思う。

ひとつは音の問題。「ほんと」という言葉には「はひふへほ」に共通してある音のやわらかさがある。私の父などはよく「ほんにね」とか、「ん」を抜いて「ほにね」とあいづちを打ってくれた。「ほにね」はなんともいえないクッションで、これで受けられると、自分の言葉がやわらかいソファーにぽんと座ったような気持ち良さがあった。

遠野の昔話の語り手、鈴木サツさんの語りのなかでもほんわかした「ほんに」に出会う。「猫の嫁ご」という話のなかで、猫をかわいがっている若者がいう。

「ほにさなあ、お前、人だらばなあ、夕飯仕度ぐれえしてけべがなあ」

関西弁の「ほんま」にもこれに通ずるやわらかさがあるだろう。今でも普通に使われている「ほんと」の底にはやっぱりこのやわらかさが生きているのだ。そして、この言葉のやわらかさは対話のリズム、抑揚、速度、相手との対人感覚など会話の流れ全体のなかで自然な位置を占めていたのではないだろうか。

私はよくラジオを聞くのだが、最近、団塊の世代を意識してか、オールディーズと称するアメリカの五〇年代、六〇年代のポップスが流れてくることがある。聞いているとそのテンポのゆるやかなこと、眠くなりそうだ。たとえば、プラターズの「オンリー・ユー」の出だしの部分、思い出してほしい。〽オンリー・ユーと、歌うだけで四分音符で八拍はありそうだ。ドリス・デイの「センチメンタル・ジャーニー」、ジュディ・ガーランドの「オーヴァー・ザ・レインボウ」、みんなみんな歌はゆっくりゆっくり旋回する。日本の当時のいわゆる流行歌もテンポのゆるさは似たようなもので、三橋美智也や春日八郎など朗々とゆるやかに歌い上げるものが多い。きっと若者の会話のテンポも今よりゆるやかだったにちがいない。

若者たちの会話がせっかちな早口になったのはいつごろからだろうか。ディスク・ジョッキーのおしゃべりがやたらと早く、喘ぐような口調になってきて「これはいったいどうしたこと?」と、思った覚えがあるが、それは六〇年代の終わり頃だったような気がする。高度成長のグラフがうなぎ昇りになるのといっしょに若者の早口路線も右肩上がりになっていったようだ。

早口と同時に言葉の短縮化が次々と始まった。私が最初に気づいたのは駅の名前からだった。一九七〇年に所沢に引っ越して、「新所沢」は「シントコ」、「西所沢」は「ニシトコ」と呼ばれているのを知り、ほう、そういうことか、と思った記憶がある。その後できたJR武蔵野線の駅「東所沢」は「ヒガトコ」である。それを聞くたびに、とうとう所沢の町もひがみ始めたのか、と、私は慨嘆した。近辺の公立中学も「小手指中」は「コテチュー」、「東中」は「ガッチュー」である。

この傾向はどんどん広がり、いまや普通名詞にもおよび、就職活動は「シューカツ」、一般教養は「パンキョー」と、もとの音からは似ても似つかぬ姿になりにけるかも、だ。若者たちは四音節以上の長い言葉を使うとなると、獲物を見つけたハンターよろしく、じゃんじゃん、ちょん切っていく。

名詞だけではない。形容詞にも短縮化の波が及んでいる。若者たちの間では、早いは「はやっ」、遅いは「おそっ」、と、きっぱりした二音節になってきた。この傾向は「ウソッ」や「マジッ」とよく馴染むではないか。短く、早く、歯切れよく、の三原則で会話がすすむらしい若者たちの間でふんわり、やわらか、ゆったりの波にのってきた「ほんと」が駆逐されていくのもむべなるかな、である。

次に「ウソッ」、「マジッ」がもつ過激な心理的効果も若者たちが何を求めているかを考えるうえで大切な要素だと思う。

「ほんと」は軽いあいづちであるが、意味を探れば、語られていることが事実かどうか、客観的な判断を求めている。もちろん、〈信じられない〉、という驚きのニュアンスをふくんではいるが、言葉の指し示す方向は、話し手の内面ではなく、話の内容、つまり外に向かっている。ところが「ウソッ」や「マジッ」は、〈信じられない〉が前面に躍り出ているのだ。つまり、言っている内容の真偽よりも、話し手本人の内面の信義を問うているわけである。だから、まともな受け手は「ウソ」といわれれば、腹が立つ。「マジ」といわれれば「べつにふざけちゃいない」と居直りたくなる。「ウソ」「マジ」は「ほんと」よりもずっと相手への衝迫力が強い。相手の胸元にずばっと入るのだ。

さて、このことは裏返しに考えなくてはならないと思う。言葉の裏返しを考えるうえでいつも思い出すのは五味太郎の『あそぼうよ』(偕成社)というごく幼い子向きの絵本である。登場するのはことりとおじさんふうのきりんだけ。ことりが「あそぼうよ」というと、きりんが「あそばない」と答える。毎ページ、このくり返し。しかし、絵をみるとこのきりんおじさんはなかなかふざけんぼで、首をくるくるまわしたり、かくれんぼしたり、あげくのはてはことりを背中に乗せて泳いだり、サービス満点の遊び相手なのだ。しかし口にする言葉は徹頭徹尾「あそばない」。最後にことりが「あした　また　あそぼうよ」とうれしそうに飛び去るときも、きりんおじさんはとっぽい顔で「あした　また　あそばない」とこたえる。

この絵本、まじめな保育園幼稚園の先生方には評判はよろしくなかったらしい。どこかの園長先生から「せめて最後だけはあそんでほしかった」という抗議の声が寄せられたという話を聞いて笑ってしまった。が、このやりとりのおもしろさを大人が理解して楽しく読めば、子どもたちはてきめんに喜ぶ。子どもたちはくり返しをすぐ覚え、きりんおじさんになって、わたしが「あそぼうよ」と呼びかけると、みんなで声をそろえて「あそばなーい」と叫び、くすくす笑うのである。意味のうえで反対のことを言っても相手と通じ合うというコミュニケーション体験は、この相手ならばこそ、という濃厚な関係を互いに意識させる。だから、くすぐったい。子どもたちはきりんおじさんになって、言葉の文字通りの意味を超えて相手にふれるのである。そう、ここでは言葉は相手にふれる道具になっている。そのためには文字通りの意味が過激であるほうがふれるという感覚を強くする。言われた方は、はっと胸を突かれ、瞬間、立ち上って、相手の意図を知って笑う。こんなふれ合いが成り立つためにはなんといってもお互いのゆるぎない信頼関係が前提になるではないか。

「ウソ」「マジ」もこれと同じだと思う。不信の念を過激に表わせば表わすほど、言葉の意味を超えた次元での互いの信頼関係は強固に確認される。言葉によるスキンシップといってもいいかもしれない。電車の中などで数人の若い人の会話を聞いていると、「ウソッ」「マジッ」がやたらと耳を打つ。どうやら会話の内容には重みはなさそうで、場をもたせるのが大切らしい。ごにょごにょと話があると、間髪をいれず「ウソッ」、「マジイー」と来る。謡曲の鼓のようにそれが「カーン」と響き、会話を支えている。「ウソ」「マジ」は心の絆を確かめあい、安心して次に進む会話の青信号のようだ。「ほんと」よりもずっと相手の心のど真ん中を突いて親しさを盛りあげている。若い人たちの間で瞬く間に広がっていったのもうなずける。しかし、あいづちの言葉などは使う頻度が高いから、使っているうちに洗いざらしになって、当然、色あせてくる。衝迫力も失せてくる。中高生たちの会話に耳を傾けていると、「ウソ」も「マジ」

も、もうそんな鮮度は失って、ごく自然に、普通に使われている。昨日も塾に来ているおとなしい地味なタイプの中学生の女の子がふたり、仲良くなって静かに会話をかわしていたが、「ウソ」や「マジ」がささやき声で行き交っていた。〈マジッすか青年〉の「マジッすか」もある意味で頽落の極致かもしれない。たった二十数年でこんなふうに言葉の命の変化を見きわめられるなんておもしろい。万が一「マジ」が生き残ったら、五十年後、ふたりの老人が日向ぼっこをしながら、互いに「マジッすか」と静かに言い交わし、語り合う場面があるかもしれない。

おやおや、どこかから高校生たちの声がする。「ありえな〜い！」

人語を話す猫のこと

我が家には八歳になるメス猫がいる。この猫は生後一ヶ月、手のひらほどの大きさの頃、やってきた。無類の猫好きの友人であるMさんに、猫を飼うことになった、と報告すると、「猫のお母さんになられた御由承りまして、大慶に存じます」というハガキがきた。そうか、人間の子育てを終え、今度は猫のお母さんになったのかと、私は覚悟を新たにした。それまで私は金魚以外の動物を飼ったことがなかったのである。

このMさんは猫学の権威とも言うべき碩学で、当初、「猫ゼミ」と称する手紙がきたりして、無知な私を博物学、文学、歴史、実学、さまざまな角度から猫知識を啓発してくれた。

最初の訓《おし》え。

猫ぎらいの人には猫は、蛇ぎらいの人のように、ゾッとする動物であることは、猫好きな人

も心得ておく必要があります。

来客の多い我が家にはありがたい訓えだった。ところかまわず部屋をうろつく猫と客の心理的距離を測るのは私にとって大事なエチケットとなった。しかし、幸いなことに我が家の猫は人類の愛をかちえる手練手管にかけては人後に、いや猫後におちない巧者で、初対面の客でも様子を見ながら、するっと膝の上に上がって、そのまま、まるくなったりする。人は信頼されると警戒心を解くものだ。九十年来、猫嫌いで通してきた私の母をも数時間で陥落させ、「ねこもかわいいもんね」と言わせたときには、私はほっと胸をなでおろした。塾の教室にもなに食わぬ顔で出没し、小学生たちの間ではすっかり人気者。先ず猫に顔を合わせて背中をなでてからでないと落ち着いて勉強できない子も少なくない。猫に会えなかったときの小学生たちのさびしそうなこと。そんな愛嬌者だから足元に擦り寄るときの、声のあだっぽさは純粋なだけに凄みがある。聞こえるか聞こえないか、ぎりぎりの声量で、一声かふた声、やや高めのハミングで迫ってくるとたまらない。それを聞くと息子などは「おお、よしよし」といって、抱きあげないではいられない。息子いわく「こいつ、もうすぐ、人間の言葉を吐きそうだな」。

さて、猫が人語を解することは昔話のなかだけではなく、現に猫に接している人からも往々にして聞く。Mさんからの「猫ゼミ」ハガキを取り出して一枚一枚懐かしく見ているうちにこんな文面に出会った。

あるときはたくさんの猫がいて、とても失業と療養中の私には養えないので、一同を前にして、家計の事情を話し、家を出て行ってくれないかというと、二三日のうちにつれだって、うちをでていきました。〈猫が人語を解する例証〉

猫を飼いだして一年後、我が家の猫が避妊手術をしたことを伝えた返事にはこんなハガキが来ていた。

何か病気や旅行などで、犬猫病院にあずけるときには、「必ず迎えに来る。捨てるのではない」といってやることが大事です。捨てられたと思い込んでしまう例が私にはありました。猫はそうなると、めしも食わず、排泄もやらず、じっと内攻していきます。……動物は苦痛（いろいろな意味の）には耐えつくしてしまうので、飼い主がはっと気がついたときは手遅れになりがちです。

このことを知って以来、さまざまな人間の事情で猫に不愉快な状況を強いるとき、私は必ずそのことを猫に面と向かって説明することにしている。

これは友人からの又聞きだけれど、ある独身のOLが猫を飼っていて、会社から帰ると、猫を相手に会社の人間関係そのほかの愚痴を毎日毎晩、たれ流したらしい。すると、その猫はじっとそれを聞いて耐えていたのだが、あるとき気がつくと、猫の体毛が円形に脱毛していた。びっくりして獣医さんのところに連れて行くと、先生は彼女をみつめ、「あなた、この猫にどんなひどいことをしたんですか」といったそうだ。これはほんとうの話である。

人間と同じようにとは言わないけれど、猫は猫なりに人語を解する。猫は猫なりに苦しむ。気をつけなければならない。

猫が人語を解するのはともかく、現実生活で猫が人間の言葉で話した例はあまり聞かない。そんな話は現代では怪異に属するだろうし、真面目に語れば知性を疑われるか、眉に唾をつけられること、うけあいだ。しかし、昔話や伝説の世界では珍しくない。もちろんそれには「あったこととしてきかねばならぬ」という〈かっこ〉がついている。ところが私は動物が人語で話すたくさんの昔話、伝説、神話のリアリティを単に非科学的なフィクションとして片づけたくないのである。特に次のような話は人間と動物の超えられない境界を前提としつつもその壁がある瞬間にふっと消えるのをとらえていて、ふしぎなリアリティを感じる。

ある寺の和尚さんが風邪を引いてふせっていると、猫が寝床のそばに来てじっと座っている。

真夜中のこと、庭のほうからだれかの声がする。すると、猫は、つと立ち上がって、そちらのほうに行き、「今夜は和尚さんが病気だから出かけられない」という。和尚さんは猫の言葉を聞いて翌朝「わしにかまうことはない。行きたいところへ行かっしゃい」と、言い聞かせると、それきり猫は出て行って帰ってこなかった、という話だ。(柳田国男　どら猫観察記)

風邪を引いて高熱が出たり、怪我をしてうんうんうなって寝ているとき、飼い猫は寝床のそばに来て、心配そうにウロウロしたり、こちらを見守るようにじっと座っていたりすることがある。猫を飼ったことのある人ならきっと覚えがあるだろう。「猫の手も借りたい」とは、人の暮らしのそばにいるのに役立たずの猫の無能を悔しがる人々の思いだろうが、寝ているそばに心配そうにじっと座られると、なにやら癒される。「ご心配、ありがとう」といいたくなる。猫は実用向きではないが、心理的にはなかなかの芸達者なのである。「今夜は和尚さんが病気だから出かけられない」という猫の言葉が高熱に半ばうなされている和尚さんに聞こえるのが私には分かる。どんな声でどんなふうに聞こえたのか、この和尚さんに会って話を聞きたくなるくらいだ。

「聴き耳頭巾」という宝物の話は動物が何をしゃべっているのか、知りたいという人間の願望の象徴であろう。しかし、聴き耳頭巾は鳥の鳴き声が人語になって聞こえるというのがほとんど。猫の会話を聴耳頭巾で聞くという話は聞いたことがないし、日本人の美意識からしてもそれはないだろう。そんなことをしたら猫に何をされるかわからない。猫の恨みは怖い、というのも庶民の共通の歴史認識なのだ。やはり身近にいる動物でいちばんのおしゃべりは鳥にちがいない。私の敬愛する柳田国男翁は聴耳頭巾なしに鳥の言葉を理解しようとした。「野鳥雑記」のなかに「雀の国語」という楽しい章がある。彼は庭に来る雀の鳴き声に耳をかたむけ、行動を観察し、雀語の研究に大真面目にとりくんでいる。これを思い出すと柳田国男とドリトル先生が重なり、窓から顔を出し、雀語に耳を澄まして、熱心にノートをとっている柳田おじいさんの顔が思い浮かび、ついつい頬がゆるんでしまう。そのノートたるや、驚くべきものだ。

片仮字で描き出そうとするから失敗するのだが、もともと雀の子音は至って数少なく、ことによったら一つの音素が、出しやうによってちがって聞こえるかとも思ふ。(中略) 私は胡麻点のやうな形のものを、大小幾通りかこしらへ、又必要ならば点を白黒鼠色にし、それを斜めにしたり、竪にしたり、又中間のあけ方と数とを加減すれば、立派に雀和辞典は活版にし得るものと考えて居る。

もう少しで和製コンラッド・ローレンツができあがるところ。まったく、柳田先生の好奇心と稚気は果てしがない。

さてさて、本題にもどろう。ここで私は猫という特定の動物をはなれ、人間と動物たちのコミュニケーションの問題を考えてみたい。意識と言葉が一体となっている私たちにとって、親しいもの、愛するもの、大切なもの、との言葉によるコミュニケーションは始原にして究極の願望ではないだろうか。たとえ相手が動物であってもそうだと思う。猫を抱いて「こいつ、もうすぐ人間の言葉を吐きそうだ」という息子の言は、はるか太古から続く人間の根源的な願いに通じている。

『ヘヤー・インディアンとその世界』（原ひろ子　平凡社）を読むと、集団で移動しながら狩猟生活をしているヘアー・インディアンの人々の人生の根幹に人間と動物とのコミュニケーションがあることが詳しく語られている。ヘアー・インディアンの人々はビーバーやクズリやオオカミなど、それぞれにちがった動物を自分の守護霊にする。もちろん、自分の守護霊を狩ったり、食べたりすることは禁じられる。だいたい十歳くらいまでに自分の守護霊になる動物を夢に見るらしい。私の想像だが、大人に「見たかい」「まだかい」、としょっちゅう問われれば、幼い子の意識には周囲の自然のさまざまな動物が絶えず行き交い、なにかのきっかけで、ある特定の動物を夢見ることなど、当然の道行きだと思う。十歳すぎてもまだ夢を見られない子は自ら進んで孤独を求め、キャンプ地をはなれたところで空腹と寒さと睡眠不足のなかに身をおいて守護霊の動物の出現を待つという。極限状態のなかで意識は現実の暮らしの明晰さを失って朦朧とし、自他の境を失う。そんなとき、守護霊の動物の声と姿が現われるのだろう。守護霊はほぼ百パーセントの確率で出現するという。守護霊が決まると、それからは守護霊との対話が彼の人生の舵取りになる。息の詰まる集団のキャンプ生活のなかで、人々はときどき守護霊の動物と一人静かに対話する時間をもつそうだ。その時間、彼は「休んでいる」といわれ、仲間は彼の「休み」を妨げてはならないことになっている。その対話のなかで彼らはそれぞれに自分の守護霊と言葉を交わし、行動のための指針を得る。夢を見ながら、一人の世界に沈潜し、守護霊の言葉に心を傾け、原ひろ子さんの言葉で言えば「人格の統合」をおこなうそうだ。それに守護霊は個人所有なのだから、これを信仰と呼ぶなら、この信仰の内容に関して、共同体から文句が出たり、強制力が働いたりはしない。

自己自身の心理的バランスをとる方法として、これはとびきり優れているではないか。現代の日本でも家族や学校や会社のなかで、こんなふうに「休む」時間をお互いが認めあったら、どんなに救われることか、と私はつい思ってしまう。もっとも肝心の守護霊がいないのが大問題だ。「休み」時間をもらってもどう人格の統合をはかるのか、有効な自己内対話の方法がわからんぞ、などと考えると、頭のなかがくるくるしてくる。

しかし、ここで風呂敷を広げてはいけない。軌道修正。私の興味は人間にとって言葉がどんなものとしてあるのか、という問題にあるのだから。

ヘアー・インディアンの守護霊はごたいそうな崇拝の対象ではない。動物でありながら人間にこんなふうに言葉で話しかける。

守護霊が、「丘を二つ越えて湖の北に立ってごらん、ブルーベリーがたくさん実っているよ」と言うので行ってみると何もない。そこに再び守護霊があらわれて、「アッハッハッ、ブルーベリーに見えたのはウサギの糞だったのさ。お前はここにきちゃったのかい。でも、ほれ、ウサギはたくさんいるだろ」などと大笑いする。

右の引用文からも明白なように彼らは動物たちとヘアー・インディアン語で語り合っている。守護霊はいわば人語を話す動物であり、人間はそれぞれ、特定の動物と人語を交わすルートをもっている、といってもいいだろう。

ヘアー・インディアンは祖霊を祭る儀式などはもたないらしい。しかし、これはむしろ例外的で、他のカナダ・インディアンはトーテムや仮面を神聖な祭具にして過去の記憶を再現する儀式をおこなうらしい。福音館書店から刊行された「いまは昔むかしは今」全5巻は、日本人の自然観、人生観、世界観、宇宙観、についての総点検ともいうべき壮大な本で、さまざまな図像や写真も取り入れられている。この第3巻『鳥獣戯語』のなかにある、カナダ・インディ

「大ガラスの仮面・右がとじた時、左がひらいた時」（アメリカ自然史博物館蔵）

アンの仮面の写真にはびっくりする。仮面が二重になっていて、表の仮面は開いたり閉じたりする。閉じればくちばしのとがった大ガラス、ところがそのくちばしがぱっくり開く。最大限に開けると、奥から人間の顔が見えてくるのである。同じく鷲も正面が真っ二つにわれ、あごも落ちて開き、中から威厳のある人間の顔が出てくる。氏族の祖霊は動物であり、儀式の際には祖霊は仮面の奥から人間の顔をあらわにして、過去の記憶を人語で物語る。過去の記憶——それは人間が動物であり動物が人間であった遠い時代の記憶である。これを見ていると、アイヌのユーカラが一人称で語られる叙事詩であることを思い出さないではいられない。しかもほとんどは熊や狐などが神となって自分の物語を人間に語りかけるのだ。いずれにしろ、動物たちは自分たちと同じ言葉を話す存在であることがコミュニケーションの核心にあるといえるだろう。動物と人間の間の言葉の断絶の回復こそアイヌやカナダ・インディアンの人々の究極の願いだったことを思うと、人間が意識をもち、意識は言葉で働き、人と人とは言葉によって互いの存在を確かめ合うのだという、当たり前のことが、どんなに重たい事実か、胸に迫ってくる。狩猟漁労の人たちは毎日、動物や魚と追いかけっこ。その動物たちは人間と同じように生まれ、子を育て、死んでいく。動物たちの命をもらって人間は自分たちの命を養い、子を育て、死んでいく。大自然の循環の輪のなかで、動物を狩り、動物を食べることを人間として認めてもらう言葉が動物たちからもらえたらどんなに安心できるか、人語を話す動物の言葉こそ、安心立命の柱であることが、思い知られる。アイヌの人々もカナダのインディアンの人々も、動物たちと言葉の真の意味で共生しているのである。

さて、話を我が家の猫に戻そう。壮大な大自然から、みみっちい飼い猫の話にもどるのは揺れ幅が大きすぎて気がひけるけれど、真実の青い鳥はすぐそばにいる、と私は思う。人間は文明によってどれだけ変わってきたのか、その揺れ幅は人間が自然の一部である限り、当然、限界があるのだ。

私は若いときから不眠症気味で、薬を使わないと眠れなかったりする。だから、朝はなかなかすっきりと目覚められない。そんな状態のある朝、私はヘアー・インディアンの子どもと同じ体験をした。白々明けのころ、飼い猫のミーがベッドのまわりでウロウロしていた。半覚半睡で、何となく気配を感じていたのだが、そのうちミーは私の枕のわきに座ったかと思うと、突然、私の頭のなかに電撃のような声が響き渡った。その声はこういったのである。

「おばちゃん、もう何年も外に出てないんだよ」

私は頭の芯を殴られたような衝撃を受けて、跳ね起きた。「バカ、毎日、外に出してやっているじゃない」と叫びながら、ドアを開けてやると、ミーはドアの隙間からするりと廊下に出て行った。

その日は半日、呆然としていた。あれはいったい何だったのだろう。ミーの人語はイヤホーンで脳の内側だけに響き渡るような声だった。「今夜は和尚さんが病気だから……」といった猫の声を聞いた寺の和尚さんはどんな声を聞いたのだろう。「アッハッハッ」と笑う守護霊はどんな響きの声だろうか。

夢といえば夢かもしれない。しかし、夢のふしぎはまだまだ解明されていない。夢の最大の特徴は自分にはそのことが外からの働きかけとして意識されることではないだろうか。なんであんな夢を見たんだろうと、夢を反芻するとき、私たちは底なしの沼を探るようなふしぎな方向性の意識をもつ。夢は自分であり、自分でない。夢が動物と人間の言葉の断絶を乗り越えるのは、人間が言葉によるコミュニケーションを潜在意識で強く求めているから、といえるかもしれないが、夢は本人には否定しようのない外的体験だ。私はやっぱり、ヘアー・インディアンの子どもと同じようにミーの声を聴いたのだという思いを、打ち消すことが出来ない。

で、私はさっそく、M氏にこの事実を報告した。「私は猫のお母さんではなく、おばちゃんと呼ばれていることが判明しました」と、言い添えて。すると、まもなく、色鉛筆の金色で枠取りしたこんなハガキがきた。差出人は、「地球猫発祥地研究者ユニオン　百万匹の猫評議会議長　モンク・マタ・ハッサン」。

賞状

猫に選ばれし人賞

長谷川摂子殿

あなたは猫のミーちゃんに人語で「おばちゃん」と呼ばれ
「もう何年も　外に出てないんだよ」と話しかけられました。
このことは人間に対して猫が贈る最高の栄誉であり、
あなたが猫の友として迎えられた証しであります。
ここにわれわれ百万匹猫評議会は「猫に選ばれし人賞」を贈呈し
永遠にあなたの幸をたたえます。

二〇〇四年春

百万匹の猫評議会

おめでたい私はこの賞状を台所の壁にはって、しょっちゅう、にやにやしていた。

私としてはあの山寺の和尚さんに連帯のハガキを出したいのだが、いかんせん住所が分からない。

言葉のムチ

小学校の頃、夏休みになると、よく、いとこ同士が集まって、石見大田市の伯母の家に遊びに行った。十歳前後の女の子が五、六人、一週間も泊っていったのではないだろうか。叔母は小うるさいことはまったく言わない楽しい人だった。しかし、金光教の信者で、思い込んだらやたら一途な人でもあった。伯母の家では台所の土間に面して食事をする部屋があり、その部屋の壁に高々と、張り紙がしてあった。そこには墨痕あざやかにこう書いてあった。

朝は祈り
昼は汗
夜は感謝

八歳か九歳だった私は「汗」という字が読めず、これをまちがって「汁」と読んでしまった。朝は祈り、昼は汁、夜は感謝――これはいったい何のことだろう。朝と夜はわかる。しかし、昼は汁、とは何だろう。ここで自分がまちがえていると思わないところがいかにも子どもだ。どのみち、大人の世界はいつもわからないことだらけだったのである。私はこの謎をずっとずっと考え続けた。何度も口の中で言ってみる。「朝は祈り、昼は汁、夜は感謝」昼ごはんには汁を飲んで、食事にありつけたことを感謝するのかなあ……昭和二十年代の子どもはそんなふうに考えたりした。そのとき、内心の疑問を叔母にぶつけてみる気はまったくしなかった。これはなにか信仰に関わることであるらしい、と子ども心に感じたからである。私の両親も他の叔父、叔母たちもこの伯母の信仰にはまったく理解を示していなかったので、そこに踏み込むようなことは子どもながら、ためらわれたのだ。

六年生ぐらいになって自分のまちがいに気づいたとき、苦笑するより先に頭がくらっとした。私の脳裏には「昼は汁」の文言が歌のようにしっかり刻み込まれ、ほとんど修正不可能な状態になっていたのである。今でも、口について出てくるのは「昼は汁」である。

親戚の家の張り紙ひとつでこうなのだから、子どものころ、よく家庭で聞かされた教訓やことわざなどはどんな人でも耳の奥にしっかり残っていると思う。これは考えてみれば恐ろしいことだ。特に両親から聞かされた言葉はぬぐってもぬぐっても消えがたく、大人になって受容するにせよ、反発するにせよ、その子の人生の舵取りに関わってくるような気がして仕方がない。

今、我が家の四人の子どもたちの笑い種《ぐさ》になっているのは、厳しかった父親の恐ろしい口癖だ。「おぼれる犬はたたいて殺せ」というのがそれ。このことを書こうかな、といったら三十過ぎた長女が「やばい、やばい、今はお犬様の時代だからねえ。動物愛護協会から抗議が来るよ」と警告してくれた。しかし、物は書きようだから、私は書く。

だいたいどこにそんなことわざがあるのか、私は聞いたことがない。ある日、夫にたずねてみたところ、この答えがまた恐ろしかった。これは中国革命のときの地主やブルジョワ階級打倒のためのスローガンだったらしい。そばで聞いていた次女が「えーっ、私はそんなことわざが日本に古くからあると思ってた。だまされたあ」と、驚きの声をあげた。

このコワーイ訓《おし》えはどういうときに発令されたのか、長女に聞いたらこんな説明をしてくれた。

「折り紙なんかしてるでしょう。ずるずるはまって、夢中になっているうちに何度折ってもうまくいかないところにくるの。だんだんあせって泣きそうになって、お父さんを見ると、その言葉がバシッと来る。つまり、助けは出さないよ、親に頼らず自分でがんばれ、ということだったと思う」。

さて、夫の弁護のために言っておくのだが、彼は幼少期に田舎の御大家に飼われていた大型犬に吠えつかれ、恐怖で死ぬ思いをしたことがあるらしい。しかもその家の使用人は怖がる子どもを笑って見ていたというのだ。人類が犬ごときにこんな思いをさせられてたまるか、と、それ以来、彼は犬を敵視してきた。ことあるごとに「犬は人類の敵」と豪語し、吠える犬の足元めがけて石を投げていた。そんなことだから犬も彼には必ず吠えかかるのである。彼にしてみれば「おぼれる犬」のたとえは、恐ろしかった幼少体験のリベンジだったかもしれない。おかげで我が家の子どもたちは、昔話「かにむかし」の柿の木のように「たたいて殺されてはたまらん」と、みなみな、強くなったことであった。次女などは勤め先の上司から「君は崖から何度、突き落とされても這い上がってくるライオンの子だね」と、いわれたそうだ。

しかし、人生の階段の上り下りにつれ、人は変わっていくものだ。八年ほど前、私が捨て猫をもらって家で飼いはじめたら、意外や意外、夫はあふれんばかりの情を注いでかわいがるではないか。いわく、「猫は過保護でもいいもんな」。

あの恐ろしい訓えも衰微の時代が来たらしい。四番目の末の息子が言うには「おれはそんなことを聞いた覚えはないなあ。よく言われたのは『もとめよ、さらば、与えられん』だった。これはお母さんに言われた」。

そうだ、子どもが「画用紙がないか」とか「色鉛筆の緑がないか」とかさまざまなことを言ってきて、うるさくつきまとって、聞いてくると、めんどくさくなってよくそう言っていたな、と思い出し、はるか彼方の道を見はるかすような気分になった。しかし、息子のそれに続く告白には笑ってしまった。

「〈さらば〉が、さよならの意味だと思ったんだ。欲しいものにさよならしたら、与えられん、つまり、手に入らない、だから、あきらめるな、ということだと思ってた」。

これは親の私も予想しなかった大胆な誤解である。笑いながら感心してしまった、まちがえながらも、あくまで筋道を考える子どもの発想は意表をついていておもしろい。

「結局、自分で執着して探せ、という意味だと思ったから、同じことさ。誤解してたけど、ノー・プロブレム」と、息子は笑った。

この言葉が聖書のなかの言葉だということを知っているか、とたずねたら、「ああ、五、六年前に何かで読んで知ったかなあ。お母さんはまったくちがう意味に使っていたんだと思って、その落差にあきれたよ」。

さて、私自身にも自分の両親によく言われた言葉がある。私の父は外で転んで膝をすりむいて帰ったりすると、しょっちゅうこう言っていた。

「身体髪膚、これ父母より生ず。あえて毀傷せざるは孝の始めなり」

辞書で確かめると、「父母より生ず」ではなく、「父母より受く」というのが正しいようだ。

が、私の頭には「父母より生ず」と刻まれている。父は確かにそう言っていたのだ。父はまちがっているかもしれない。が、まちがえてくれてよかったと思う。「生ず」といわれるたびに、私はこの両親から命をもらったという実感がわいて、子どもながら身にこたえた。

最近、向田邦子のエッセイ『父の詫び状』を読んで、久しぶりにこの言葉に出会い、懐かしさがこみあげた。彼女の父も子どもたちに向かって、よくこの言葉を口にしたのである。明治、大正の父親の、鎧を着た愛情をおさめるのに、この漢文調の口ぶりはふさわしかったことだろう。考えてみると、父はこの言葉を口にするとき私に面と向かって言ったことはなかった。膝をすりむいて赤チンをつけていたりすると、チラッとこっちを見て、おやおやという顔をし、そのまま私のわきを通りすぎ、廊下を歩いていく背中を見せながら、大声で言うのである。この言葉には和服姿の父の背中がくっついている。

女同士は厳しい。母によく言われた言葉は「仏作って魂入れず」であった。部屋の掃除などを頼まれ、さっさとすませたくて箒《ほうき》を雑に使い、さあ、終わったと思うと、母のこの言葉が飛んでくる。遊びたくて逃げ出そうというとき、この言葉はやけに重かった。なにしろ〈仏様〉と〈魂〉が出てくるのだから。私は胃の腑にずっしりと、小さな仏像を抱え込んだ気持ちになって、遊ぶ気も失せたものだ。

格言やことわざをぴたりと相手の胸元に入るように使うのはむずかしい。小学校四年生のときの担任の先生は、山中鹿之助という戦国の武将が三日月に向かって祈ったという言葉、「われに七難八苦を与えよ」がお気に入りで、ことあるごとにこの言葉を聞かされた。私はといえば、山中氏の祈りの主旨に全然賛成する気になれず、先生が口にするたび、重苦しい気持ちにおそわれた。よほどの信頼関係かユーモアがなければ、先生が教壇から垂れる格言やことわざの類は結局はお説教。教室の空気は二酸化炭素でいっぱいになって、生徒は中毒症状を起こす。

その手の訓戒や決意を書いた印刷物も私はごめんこうむりたい。処世訓などを書いたカレンダーをもらうと、処置に困る。しかし、世の中はなぜか説教好きで、いたるところに、標語や格言めいたものが、印刷物になって、電車の中でも往来でも、人目を引くところに氾濫している。我が家の近所には「あいさつは心と心をひらく鍵」などと書いた標語が張ってあったりして、朝の散歩の気持ちよさが妨害される。いったいだれが言っているのか発言者の所在が見えないポスターより、近所の大人が子どもたちに笑顔でちゃんと声をかけるほうがずっと自然で、お互い気持ちがいいと、私はひとり憤慨している。標語運動は人間同士、顔を合わせて通い合う安心感や信頼感が消えたところに始まるような気がしてならない。この国の標語文化は天皇制ファシズムの時代から根が深いのである。「ほしがりません、勝つまでは」は七五調で、大人よりもむしろ子どもたちに浸透したことであろう。子どもに歌のように聞かせるのは生理的な刷り込みが深く、残酷で怖い。人間の不幸は理性の備わらない子どもとして生まれることだ、というデカルトの言葉が思い出される。たくさんの戦時標語の後ろには軍と特高の暴力支配が暗い幕のように広がっていたはずだ。お互いの愛情と信頼の関係がないところ、公的な場所でのスローガンは、どんな言葉でも言葉の裏にどこかの小権力者の自己満足の顔が透けて見えて気持ちが悪い。ああ、街角や電車の中から標語やスローガンのポスターが一掃されたら、なんと空気が澄み渡ることだろう。精神の二酸化炭素削減も考えてほしいと私は思ってしまう。

しかし、世の中にはこの手の言葉が好きな人もいるのである。先日、ここまでくればお見事という例に出くわした。そこは私がよく行く某出版社の近くの武蔵野庵という蕎麦屋。なんの変哲もない蕎麦屋だが、トイレに入って仰天した。四方の壁いっぱいに処世訓、人生訓を書いた紙やカレンダーが張りめぐらしてある。カレンダーは日めくりのものが二〇〇二年から始まって五種類、月ごとにくるくる回るらしい。つまり一ヶ月で約百五十の訓戒がトイレの中で展開されるわけである。

先日、私はこの訓戒群に挑戦した。つまり、よくよく見てメモったのである。その日の五種の訓戒は「明朗な心が境遇変える」「仲良くするところにすべてが生まれる」「苦難は過ちを教える慈愛のむち」「道具を見れば人格が分かる」「決心すれば後は簡単」であった。そのほか永久的な一枚訓（こんな呼び方があるのかどうか知らないが）が三種貼られている。まず、「人生五訓」と題され、それは「あせるな　おこるな　いばるな　くさるな　おこたるな」であった。まてよ、こんな張り紙は「いばるな」の禁に反するのではないか、などと皮肉な感想が頭をよぎる。傑作は「金のなる記」。上下二段に分けてあり、上段には「金のたまる人」の心得が十か条、下段には「金のたまらぬ人」の不心得が十か条、掲げてある。ごていねいに「毎日一度は読みましょう」と注意書きがあり、最後の締めは大きな活字で「いつまでもあると思うな親と金」――最初見たとき、ふき出してしまった。おしまいは「仕事を極める七か条」いちいちここに記さないが、第七条は「儲かるほうではなく、正しいほうを選ぼう」だった。偽ブランドが横行する世の中、私はちょっと立ち止まって、なるほど、と思ってしまった。しかし、それで儲かるかどうかは疑問だな、と、さまざまの世の中の現象をまさぐってつい考えこんでしまう。ふと気づくと、なんでこんなところで、と自分の思惟の無駄に疲れてしまう。実際、前後左右からこんなふうに言葉のムチがとんできた日には、油断もすきもない。どこに目をやったらいいのか、落ち着くべき場所が落ち着かないこと、はなはだしいではないか。蕎麦屋のご亭主は客に読ませるつもりか、従業員に読ませたいのか、自分のためなのか、そこのところの意図は量りかねるが、こんなにたくさん垂れ流しては教訓のインパクトは薄れ、水洗の水といっしょに毎日毎日流れ去ってしまうではないか。ちなみにこの蕎麦屋は私と友人の間では「説教庵」と改名されている。

しかし、垂訓の歴史は人類史と共に有る、といってもいいだろう。釈迦、孔子、キリストという三大聖人の言葉も弱い人間を導くという意味ではなべて訓えのかたまりである。しかし、そういうえらい聖人にはそのえらさを納得させる伝記的ディテールがあるし、訓えを語る言葉も棒でいっぽん、殴るようなものではなく、その背後に世界や人間への体系的洞察があるのだ。そこに身を寄せて初めてその教えが私たちの内面に生きるのだと思う。

そこを考えると仏教も儒教もキリスト教もそんなにわかりやすいものではない。私は研究者でも宗教者でもないから、ほんの感想程度の理解しかできないけれど、それでもいろいろな思いに誘われる。

「色即是空」なんてもうなぞなぞだ。それを真剣に考え続けて俗世に生きていけるのだろうか。それなのに私の母など般若心経を毎日書写したりしている。

「朝に道を聞かば、夕に死すとも可なり」

ここには衣食住を超越した観念の絶対的価値というものがありそうだ。しかし、初めて聞いた中学生時代からこの言葉はノドもとにつかえて、いつまでも胸に落ちない。道って何なのだろう、ほんとうにあるものだろうか。あるとしたら、なにか恐しいもののような気がする。

「カエサルのものはカエサルに返せ」

この言葉には昔からさまざまの解釈があるらしいが、私は私なりに思う。キリストは政治というものが丸山眞男のいう必要悪であることを知っていたのではないだろうか、と。そう考えるとアメリカの政治家たちが聖書に手を置いて誓言をする光景がなにか滑稽にみえる。いったい、なんのこっちゃ、と私は考えこんでしまう。

こんなふうに何千年も生きてきた宗教のなかの言葉には人を思索の穴に引きずりこむ力がある。

わかりやすいものを言葉のいっぽん立てにして、だれかれかまわず垂れ流すのは、人はそれぞれ、相対《あいたい》してみればちょぼちょぼであるという現実を忘れ、自分が人の上にたっているという優越感でたわむれているのだと思う。もし、あの蕎麦屋の主人、落魄してひとり長屋に住むことになっても、あの教訓群を自分の周囲に張り巡らすのだろうか。なんだか、想像すると鬼気迫るものがある。

ああ、釈迦さま、孔子さま、キリストさま、優越と劣等のシーソーゲームのこの世の中を、なんとかしてくださいませ。

気象通報の時間

若い頃から眠るのが下手だった。

高校時代、夜中に眠れなくて起きあがり、台所におりていって、ごそごそと酒の戸棚をあけ、赤玉ポートワインを見つけると、煎茶茶碗にルビー色の液体を注ぎ入れ、一気にあおって、また二階の寝部屋にもどる。胃の腑の中のアルコールの熱気をたしかめながら、真っ暗な階段をゆっくり上っていった、あの感覚は私の不眠の歴史の第一ページである。懐かしくも甘いあの赤玉ポートワインはこのごろついぞ見かけない。まだ世の中にあるのだろうか。

羊を数えるなどというバタ臭い入眠法はヨーロッパから来たのだろう。一匹、また一匹と柵を跳び越える羊を想像してみたけれど、うまくいかないし、おもしろくもない。第一、羊を観察していたことなどないのだから、跳ね方のイメージがおぼろで変化がつけられないではないか。マザー・グースの「めうしが月をとびこえた」みたいな絵を思い浮かべたりしても、ぺっ

たりして動きが出ない。挙句の果てに、根本的な疑問にとらわれた。羊はほんとうに柵を飛び越えたりするだろうか。山羊なら見たことがあるなあ……などと考えているうちに、なんだか自分には似つかわしくない、気恥ずかしいことをしているような気がしてきて、これはすぐやめた。

上京して一人暮らしをし、フランス語の勉強を始めてからはフランス語で数を数えることにした。しかしこれは、どうせ眠れないのならこの時間を利用して、という私のクソ真面目な欲が働いていて、動機が不純だった。入眠効果があったとは思えない。そのかわり六十までだったら今でも上の空で数えられる。六十以上は数え方がいやらしいほど複雑で悪夢を見そうだったからやめた。

今、私はとっておきの入眠法を手に入れている。夜、十時、布団に入るとラジオのスイッチを入れる。NHK第二放送の気象通報の時間がはじまるのである。男のアナウンサーの滑らかな声がゆっくり、淡々と流れてくる。

石垣島では東の風、風力2、天気は曇り、気圧　1006ヘクトパスカル、気温は26度
那覇では東南東の風、風力2、曇り、12ヘクトパスカル　27度
南大東島では東南東の風、風力2、11ヘクトパスカル、28度

これを聞いていると不思議と眠くなる。観測点は地図の上では石垣島から順次、北上し、鹿児島、厳原、福江、足摺岬、室戸岬、松山、浜田、西郷、大阪、潮岬、八丈島、大島、御前崎、銚子、前橋、小名濱、輪島と進んでいく。大阪のような例外はあるとはいえ、特に大都市が選ばれているわけではなく、岬や島、海岸沿いの、どちらかというと、小さな、潮の匂いがしそうな町が観測点にされている。北海道の稚内までいくと、カラフトにとび、サハリンではなくポロナイスク、それからセベロクリリスクという聞いたことのない町。私はネットで調べてみた。千島列島北部、パラムシル島にあるらしい。パラムシル島っていったいどんなところだろう、と地図にあたって調べたら、カムチャッカ半島から落ちた涙の雫のような小さな島だ。私は、北の海を渡る冷たい風に身をさらす思いがして、いっそう途方に暮れた。そこからオホーツクの海を渡り極東シベリアに上陸、ハバロフスク、ルドナヤプリスタニ、ウラジオストクとなる。ルドナヤプリスタニという舌をかみそうな名の町は冬になると他の追随を許さない恐ろしい低温を記録することがある。これもまた調べてみると、オホーツク海に面したハバロフスクより北の町だった。ロシアから朝鮮半島に入り、ソウルから済州島まで南下、さらに台湾の台北に飛び、それから中国本土に入る。杭州、長春、北京、大連、青島、上海、内陸に入って、武漢、また東シナ海沿岸にもどってアモイ、香港、ラワーグ、となる。ラワーグはしばしば

「入電がありません」と報告され、聞いている頭が突然真っ白になる。ラバウルではないぞ、ラワーグっていったいどこ？　と調べると、もうそこはフィリピンだった。マニラ、父島、南鳥島、最後の締めは富士山頂である。ここは酷寒。気温を聞くといつも「おおっ」と思う。昨夜は極東シベリアでも7、8度の気温だったのに、なんと富士山はマイナス4度だった。期待は裏切られず、やっぱり、「おおっ」となった。

それにしてもこれを聞いているときのなんともいえない心地よさ、清清しさはいったいなんだろう。たった今まで家族内のつまらぬことで心が波立っていても、「東の風、風力3、……」を聞いていると、いつの間にか私をつつむ部屋の空気はしっとりと落ち着き、心はしいんと静まり、穏やかな眠りに誘われるのである。この鎮静効果のもとは何か、いろいろ考えたが、ひとつは気象というものの人事を超えた絶対的な清潔感にあるのではなかろうか。空は人間のことなど知らぬ存ぜぬ、空自身の運動でさまざまな空模様を繰り広げている。「徒然草」を書いた吉田兼好は、死ぬのはべつにいいけれど、「空の名残りぞ、惜しまれける」という言葉を残している。死んでしまって、この美しい空を見上げることができなくなるのはなんとも残念、という思いだったのだろう。夕焼けに見とれるたびに私は吉田兼好の言葉を思い出す。空の美しさは純粋だ。風が吹き、雲が動き、空気は寒暖せめぎあい、雨を降らせたり、雪を降らせたり、美しい日の光を注いだり、そのあらゆる変化は人間の凡愚を超えて絶対的に清らかなのである。実際、深く考えれば、温暖化の問題、フロンガスによるオゾン層の破壊など、人間の文明の仕業に大空も影響をうけているだろうが、反応は数十年、あるいは数千年、数万年の単位なのだから、まだまだ毎晩の気象通報の清らかさを汚しはしない。この超越感と清潔感が人を異次元に運び、心に静けさをもたらす。

もうひとつの心地よさは旅だと思う。耳を傾けるうち静かに揺すられ、私の意識は動いていく。泣き止まない赤ん坊でも車に乗せて走ると、ぴたりと黙って寝入ってしまうことが多いではないか。気象通報は体こそ動かないが、次々と続く言葉のリフレインが耳を揺する。私たちは揺すられながら、地図の上を旅をし、たった十五分ほどで東シナ海、日本海、オホーツク海をめぐる極東地域をぐるっとまわるのである。島や町や岬の名前だけでさまざまなイメージが回り灯籠のようにあらわれては消える。たとえば、えいのひれのように突き出した四国のふたつの南端、足摺岬と室戸岬。行ったことがないのに、気象通報がここに来ると、なぜか断崖絶壁と東映映画の始まりのような太平洋の潮しぶきを想像してしまう。いつか彼の地を訪ねて私の想像力の貧困を克服しなければならん、と思っているのだが……。浜田、西郷とくると懐かしい。わが故郷の島根県ではふたつも観測地点があるのだ。浜田は漁港としては衰退しているらしい。先年、立ち寄ったときの駅前のわびしい光景が目に焼きついていて「みぞれ、気温1度」などと聞くと、商店の旗が人気のない通りではたはたはためくのが眼に浮かび、切なくなる。一転、大阪に来るとどうしても東京の天気と比べたくなる。真夏、34度などと聞くと、やれ、ひどい、こちらは今日はそこまで暑くなかったぞ、と関西に住む親戚や友人を思いやったりする。こんなふうに土地土地に立ち寄るたびに、なにがしかのイメージを誘い、意識はさまざまに彩られ、しかし、決して一ケ所に長居をせず、同じリズム、同じ脈拍で動く、動く。シベリアの知らない町の霧、30度の北京、上海や香港の雨、聞いているだけで、心に翼が生え、今日一日の煩瑣な日常を越えて、私は飛んでいく。

こんなふうに言葉によって体を揺すり、意識を旅に誘う力、これはほかならぬ詩の力ではないだろうか——そのことにはっと気づいたとき、私は古典の道行の文を思い出した。そこで本棚から「平家物語」をひっぱりだし、奈良を焼いた重衡が、とらわれて鎌倉に送られる一節を探した。

相坂山《おうさかやま》を打越えて、勢田《せた》の唐橋《からはし》、駒もとゞろに踏みならし、雲雀《ひばり》あがれる野路《のじ》の里、志賀のうら浪はるかけて、霞にくもる鏡山《かがみやま》、比良《ひら》の高根《たかね》を北にして、伊吹《いぶき》の嵩《だけ》もちかづきぬ。心をとむとしなけれ共《ども》、あれて中〱やさしきは不破《ふわ》の関屋の板びさし、いかに鳴海《なるみ》の塩干潟《しおひがた》、涙に袖はしをれつゝ、彼在原《かのありわら》のなにがしの、「から衣《ころも》きつゝなれにし」とながめけん、三河の国八橋《やつはし》にもなりぬれば、蛛手《くもで》に物をと哀《あわれ》也。浜名の橋をわたりたまへば、松の梢に風さえて、入江にさわぐ浪の音、さらでもたびは物うきに、心をを尽くすゆふまぐれ、池田の宿《しゅく》にもつきたまひぬ。

大阪から三河までの旅だけれど、ここにあるのは私が気象通報で味わっているポエジーと同質のリズムと情緒だ。背後に漂うセンチメンタリズムは重衡の運命の悲しさとからんでいるかと思いきや、よく読んでみると、そんな個別の情緒とはそれほど関わっていない。むしろ、昔の人の旅そのものの情緒であって、物語の展開がどんな状況だろうと、旅に出れば、こう歌う、という一種の典型なのだ。あるのは日本人の「旅のあはれ」の感情なのだと思う。その証拠にこの道行きの語り口はひとつの文芸形式になって「太平記」や「謡曲」など、古典のいたるところに出てくる。謡曲「鵺《ぬえ》」の旅の僧の登場の場面。

程もなく、帰り紀の路の　関越えて、帰り紀の路の　関越えて、なほ行く末は　和泉なる、信太のもりを　うち過ぎて。松原見えし　遠里の、ここ住吉《すみのえ》や　難波潟、芦屋の里に　着きにけり、芦屋の里に　着きにけり。(原文)

こんな道行きの文は、いながらにして意識を旅に誘う言葉の魔術。この魔術は庶民が耳から聞いてきた説教節などの口承の文芸にもちりばめられていたはずである。いや「平家物語」そのものが旅の琵琶法師の語りだったのだ。耳を打ち、体を揺すり、土地土地をめぐって、人々を、はるか遠くへ運んでゆく道行きの歌は歌自身が時を超えて旅を続け、昭和の庶民のなかにも生き続けている。

昭和四〇年代にはやった森進一の「港町ブルース」を思い出し、私ははたと膝を打った。「背伸びして見る海峡を　今日も汽笛が遠ざかる……」というあの歌はたしか函館から始まって、全国の港町を行脚していくのではなかったか。記憶が定かでなかったので『新版　日本流行歌史』の下巻を取り出してみた。はたして北から南まで港町巡礼の歌だった。二番は宮古　釜石　気仙沼、三番で三崎　焼津に御前崎、四番は高知　高松　八幡浜　五番で九州にわたり、別府　長崎　枕崎、最後六番で「燃えて身を焼く櫻島　ここは鹿児島　旅路の果てか　港　港町ブルースよ」と締めくくられる。これぞまさしく道行きの歌である。

庶民の耳に道行きのリズムがみごとに生きていた例を最後に紹介しよう。井上ひさしさんのお母さん、井上マスさんの半生記『人生はガタゴト列車に乗って』（ちくま文庫）は、東北の町から町へ三人の息子をかかえて転々として生きてゆくマスさんの、どん底を這いずり回るような苦難がつづられているが、その底には苦労をものともせず跳ね返してしまうマスさんの陽性のエネルギーが横溢していていて圧倒される。

「一体列車はどこまで私を運んで行こうというのでしょうか」という語りがあって、道行は岩手県花巻市から山田線というローカル線に乗って釜石に着くまでの旅路が歌いこまれていく。

土沢官守、曲家《まがりや》の駒《こま》を育てた萩の原、綾織錦《あやおりにしき》虹と織る、田舎末通娘《いなかおぼこ》に青毛駒。民話に残る遠野路に、笹餅召せや青笹の仙人峠に笛吹く山、上郷すぎて足ケ崎、上の有住《ありす》の十五夜にすすき尾花に狐鳴く、積み出す鉱石《かねいし》大橋の、岩の清水に夫婦《めおと》猿、姥捨《うばすて》地蔵の峰の雲、月に光るは甲子《かっち》川、宿場女の悲話残る、松倉宿《しゅく》の正福寺、無常の鐘にひとつ星、遠くの灯りは釜石かまいし——

ここではマスさんはマスさんでありながら個人を超えている。伝統的な道行きの歌の情緒とリズムがマスさんのなかに脈々と生き、長い年月、庶民の心を打ち続けてきた「旅のあはれ」が地下水の奔出のように流れ出していている。古来の作者不詳のたくさんの民謡、里謡は、時代時代のたくさんのマスさんが作り出してきたのかもしれない。そんな気がする。

今夜も私は、一羽の渡り鳥になって「気象通報の時間」を聞く。セベロクリリスクの空は晴れているのだろうか。

書かれた言葉の喚起力——文学者としての柳田国男

今、机の上に一冊の本がある。筑摩書房、現代日本文学全集12『柳田国男集』。奥付を見ると昭和三十年一月十五日発行。半世紀も前だ。大学生になって、古本屋で購入したらしい。思い出したように出しては読み、出しては読みした四十年の歳月が本の形状を物語っている。表紙は手ズレの汚れが著しく、背表紙は接着剤がはがれ、本体からはずれてパカパカと泳いでいる。（あっ、これは今気がついた。直そう）

この本を読み始めたのは二十代の半ば。いい潮時だったと思う。世は吉本隆明だ、谷川雁だ、丸山眞男だと、民主主義と左翼思想をめぐって、生活に根のない学生たちが、だからこそ大状況を観念的につかんで変えようとして、熱した頭で議論をしていた時代だ。そのころ、議論の場に行き交っていた言葉は「展開してみろ！」だった。私は全然、展開できず、いつもかたすみで、他人の〈展開〉をあきれたように聞いていた。まるで穴から顔だけ出してきょろきょろするねずみだった。顔を出してはひっこめて吉本隆明をかじり、谷川雁をかじり、首を傾げては、また穴から顔をだしていたのである。

しかし、歳月は容赦なく過ぎ、いつまでも学生であり続けることはできなくなった。それに当時、大学は学園闘争の真っ只中。大学を職場としてアカデミズムに身をおくか否か、否となれば、どういう場で生きるか、経済的根拠も含めて、ひとりひとりの足元で実存的問いかけがなされたのである。そんな怒涛の時代に柳田国男を読み始めた。柳田国男がそんな問いに答えてくれたわけではない。読み始めたきっかけは実に単純。闘争で知り合った親しい友人たちが柳田国男を読んでいて、それに刺激されたのである。

そのころの思い出。ある日、電車の中で、コントラバスをケースに入れて床に立てている人に出くわした。私はその大きさにびっくりして、小さな声で「わあ、大きなバイオリン！」といった。するとそばにいた友人が「ダイダラボッチのバイオリンか」といって笑ったのである。「ダイダラボッチ」というのは柳田の巨人伝説探索の文に出てくる巨人で、富士山を背負って歩こうとする豪傑だ。このとき以来、山に腰をかけ、コントラバスにあごをのせて、ゴーゴーと弓を引くダイダラボッチのイメージから私は抜けられない。そして、コントラバスを見るたびに笑いがこみあげてくる。

さて、それまでの私は真面目な学生で、大学から大学院にかけて、パスカルからデカルトへ、デカルトからモンテーニュへ、と異国の思想を異国の言葉で読んできた。若いというのはひどいもので、自分が見えないから、これと決めたら、これ。それで競馬馬のように走れるのだ。しかし、古典的な偉大な思想家というものはありがたいもので、思想の森のなかを迷走する読者にその人にそった道を示してくれる。私はデカルトの『省察』をつまらないと思い、『方法序説』をちょっとおもしろいと思い、結局『書簡』がいちばんおもしろいと思った。そこで〈哲学〉という学問に縁のない自分の資質を悟らせてもらったのである。そして私はモンテーニュの『随想録』にたどりついた。修士論文でモンテーニュについて書こうと決心したとき、哲学科の研究室の助手に「やめといたほうがいいよ。担当教授がいないよ」と忠告されたけれど、私は教授より自分が大切だった。論文は出来上がったけれど、ストライキで出す意志はなく、今でも私の本棚で眠っている。そして私の心には〈モンテーニュおじさん〉が常住することになったのである。二年間モンテーニュを読み続け、時代と宗教のイデオロギーをみごとに相対化し、孤独なうちに人生を楽しむモンテーニュに、私は四百年の隔たりを超えて親愛の情を寄せるようになり、この人を心ひそかに〈モンテーニュおじさん〉と呼ぶようになった。が、モンテーニュに深入りするのはやめよう。今回は柳田国男について書く。

嵐のあと、私は大学を離れ、フランス語との付き合いは絶え、やがて保育園に就職して子どもたちと付き合うようになった。忙しい暮らしが始まり、そのために読書時間はぎりぎりに切り詰められたが、柳田国男を読むことだけはやめられなかった。二十代の後半、競馬馬は立ち止まり、やっとひとりの人間になりつつあったのだ。生きた子どもたちを目の前にした毎日のなかで、私は自分の生まれ育った地に思いを馳せることが多くなった。柳田国男はそんな私の足元に灯りをつけてくれたのである。その灯りが民俗学という学問ではなく、文学全集に納められた文学としての柳田国男だったことは私には言いようもなく幸いだった。

筑摩の文学全集。三段組、びっちり活字が組まれた四百ページのこの本は、「母の手毬唄」「妹の力」「雪国の春」「豆の葉と太陽」「山の人生」「木綿以前の事」等々からの色彩に富んだ印象深い文が、全文、あるいは抜粋で収録されている。しかも、ほんの少しのページの余白にも、読んだら忘れられない珠玉の小エッセイが挟み込まれている。のちに私は全二十数巻の全集を読んで、一冊にまとめられた筑摩の文学全集、柳田国男の巻に収められた文章の選択眼の冴えに感じ入った。この本を編集した人はどんな人だったのだろう。きっともう鬼籍に入っておられるだろうが、あの世に行ったら私はこの人に会いに行きたい。

さて、どんなふうに柳田国男は私を動かしたか、柳田が母への慕情を惜しまず語った「母の手毬唄」について語ろう。

短かった幸せな娘時代を思い出しながら、糸で美しくかがったマリを、うちあげうちあげ歌う母の姿をまぶたにうかべ、柳田はその手毬唄の記憶をたどる。

あれ見ィやれむゥかう見ィやれ
六まい屛風にすゥごろく
すゥごろくに五ォばん負けて
二ィ度と打つまいかァまくら
鎌くゥらにまァいるみィちで
つゥばき一本見ィつけた

柳田が母の声を思い出しながら歌ったことがこの唄の表記からちゃんと伝わってくる。読んでいると「あれ見ィやれむゥこう見ィやれ」と、長短のリズムをとって歌いたくなるのだ。実際、何度も読むうちに幼い頃の遊びのリズムを思い出して私も歌えるようになった。

口ずさんでいるうちに、ふと、古い手毬唄が自分の故郷にもあるのではないかと思い、夏休みに帰省したとき、九十歳になんなんとする祖父に尋ねてみた。祖父はふだん唄なぞ歌ったことのない威厳のある人物だったが、孫にせがまれ、起き上がって寝床に座って目をつむり、記憶の糸を引き出すように、先に亡くなった妻の歌声を思い出して歌ってくれた。柳田の母の手毬唄は私の祖母の手毬唄を引き寄せてくれたのである。それはこんな唄だった。

うちのうゥらの梅ノ木に
雀が三羽とォまって
中の雀のゆうことにゃ
ゆうべござった花嫁御
六枚屏風をたてつめて
すっぽりかっぽり　泣きゃしゃんす
なにが不足で泣きゃしゃんす
なんの不足もなけれども
わしの弟《おとと》の千松が
西の鉱やへ　かねほりに
一年たっても戻らんが
二年たっても戻らんが
三年目のついたちに
おさよに来いとの状がきた

私はこのバラード仕立ての手毬唄に瞠目した。西の鉱やというのは、去年、世界遺産に登録され、もてはやされている石見銀山のことである。私の故郷、出雲からすれば西の鉱山だ。江戸時代、この鉱山は過酷な労働で幾百幾千の若者の命を朽ち果てさせたことであろう。この唄のヒロイン、花嫁御のおさよさんの弟の千松がどうなったのか知りたいけれど、祖父の記憶はここまでだった。

後に尾原昭夫著の『日本のわらべうた』のなかにこの唄の類歌を発見。「千松もの」ともいうべきこの手毬唄は江戸の初期から全国に流布していたらしい。いずれも「金山」に行って命を落とす悲劇が歌いこまれているようだ。私が知りたかった祖父の唄の後半も記載されていたが、それはあっと思わせる展開だった。唄は全く別方向にシフトする。

おさよはやらず、わしが行く。
(中略) さあさあ、行こう都まで。
都もどりの土産には、一に笄《こうがい》、二に鏡、
三に更紗の帯もろて、

といったにぎやかな調子で、千松の行方は完全に無視されるのである。それはそれで、私は過去を忘れるピーター・パンのような子どもの唄独特の不条理に胸をうたれた。千松の死が歌われても子どもはおもしろくもなんともないではないか。庶民の悲嘆はさりげなく、そっとさしこまれ、文脈を全うしないのである。

しかし、活字でこの唄に出会って、改めて思った。私にとってなによりも大切なのは、柳田にとって母の手毬唄がそうであったように、私の耳に祖父の歌声がありありと残っていることである。柳田が「母の手毬唄」を発表したのは七十五歳のとき。「私の母はいま活きて居ると百六歳ほどになるのだが……」と書いているが、私の祖父は今、生きていたら百二十歳。柳田に出会わなかったら、私は祖母の手毬唄を祖父から聞くという宝石のような体験をもつことはなかっただろう。

「山の人生」のなかに「神隠しに遭ひ易き気質あるかと思ふ事」という章がある。ある種の子どもの行動や言葉を神の託宣のように受けとめていた古代人の思想をたどるのに、そんな子どもの現代的な例を「神隠しにあいやすい子ども」としてとりあげ、柳田自身の幼年期の体験が書かれている。四歳の秋、彼は母に「神戸には叔母さんが有るか」と尋ねたそうだ。母はいい加減な返事をし、しばらくすると昼寝をしていたはずの国男が見えなくなっていた。三、四時間ののち、家から二十何町(二キロ強)はなれた松林の道傍で知り合いの親爺に発見され、連れ戻された。どこへ行くかと聞くと、「神戸の叔母さんの処へ」と答えたそうだ。しかし、この話は後日母や隣人から聞いた話で「自分の今幽かに記憶して居るのは、抱かれて戻ってくる途の一つ二つの光景だけ……」という。

これを読んだとき、たちまち私の記憶の井戸の底から三歳か四歳のころの体験が薄明のうちに浮かび上がってきた。どうしてだかわからないが、私は町外れの燐寸《マッチ》工場の大きな門の前で泣いていた。そこは家から一キロ以上はなれた場所で、幼児の生活圏からすれば地の果てのように思われる遠さのところだ。みんなして探しまわったのだろう、まだ若い独身の叔父が私を見つけてくれ、私は叔父に背負われて帰ってきた。私が覚えているのはふだんあまり親しみのない、背の高い叔父の背にもたれかかる妙な違和感だけである。大人たちに話をきかされたのだろう、小学校に入り、自転車で町中を走りまわって遊ぶようになっても、燐寸工場の門の前に来ると、そこが異界への入口のようで、いつも背中に悪寒が走った。

母の話によると私は誰にでもついていく、今ならとても危ない子どもだったらしい。知らない小母さんに連れられて、町で一軒しかない銭湯に行き、ぴかぴかになって帰ったことがあるらしい。私にはなんの記憶もないけれど、母はよく笑ってこの話をした。

遠い昔の自分。一人の子ども。私はそれが自分であるというつながりの糸をもうほとんどもっていない。けれども記憶のそこにある幾カットかの幻のようなシーンが柳田の文とともに引き寄せられるように戻ってくる。

「草の名と子供」という文も雑草で遊び戯れた子どものころの風景をありありと思い出させる。それだけではない。思い出がない草花の話にも吸引力がある。なかに白頭翁《ハクトウオウ》、「オキナグサ」についてふれられていて、出雲の大原郡では「ヤマンババ」という名が残っていると柳田はいうけれど、私にはその名も形状もどうしても分からなかった。なんだか悔しい。遊びそこねた疎外感のようなものが残る。のちに秩父の山にハイキングに行ったとき、友人に「これがオキナグサ」と、教えてもらった。白いうぶ毛におおわれた、やわらかい葉を指でなでながら、私は「やっと会えたね」と、声をかけたくなったのである。

柳田国男の文はふしぎな残り方をする。「木綿以前のこと」について語ろう。

これは中世末期に日本に普及した木綿文化の正負を腑分けして、文明の進歩を手放しで喜べないことを具体的に論じているけれど、私は長いあいだ木綿についての柳田の考察の内容を何も覚えていなかった。しっかり覚えていたのは木綿といっしょに引き合いに出された瀬戸物についての文である。瀬戸物以前、庶民が日常に使う器は汚れやすい白木の椀や皿だった。そこへ真っ白な陶器が入ってきた。

其中へ米ならば二合か三合ほどの値を以って、白くして静かなる光ある物が入って来た。前には宗教の領分に属して居た真実の円相を、茶碗といふものによって朝夕手の裡にとって見ることが出来たのである。是が平民の文化に貢献せずして止む道理は無い。昔の貴人公子が佩玉《はいぎょく》の音を楽しんだように、かちりと前歯に当る陶器の幽かな響には、鶴や若松を描いた美しい塗盃の歓びも、忘れしめるものがあった。

たったこれだけの文が胸に叩き込まれたのが運のつき。いままでなんとも思わなかったのに、手元の純白の飯茶碗を手に取るたびに、私は掌《てのひら》のなかの円相に見ほれ、時々、自分の前歯にかちりと茶碗のふちをあててみたりした。木偏と石偏、椀と碗のちがいを自分の歯で味わうなんて——と、思いながら。そして思い出されるのが宮沢賢治の『無声慟哭』のなかの「永訣の朝」。

青い蓴菜のもやうのついた
これらふたつのかけた陶椀に
おまへがたべるあめゆきをとらうとして
わたくしはまがつたてつぽうだまのやうに
このくらいみぞれのなかに飛びだした

青い蕁菜のもようのついた陶椀。これはきっと飯茶碗だ、と私は思う。「じゅんさい」って何だろう？　戦後の貧しさのなか、田舎で育った私はじゅんさいなど見たことがなかった。初めて本物のじゅんさいを自分の目で見たのは三十代になってからのこと。到来物の瓶詰めだった。箸で掬いだすと、とろりとした透明なものにつつまれた小さな小さな蓮の葉が出てきた。ああ、これが賢治の茶碗の……と、しばし見つめてしまった。手をあわせて、はにかむようにたたまれた赤ん坊のような蓮の葉。

わたしたちがいっしょにそだってきたあひだ
みなれたちゃわんのこの藍のもやうにも
もふけふおまへはわかれてしまふ

やっぱりそうだ。真っ白な陶器に藍の染付け。それが生まれたてのかわいらしい蓮の葉のもようだったのだ。それに天からおちたきよらかな雪をすくって、死んでゆくいもうとの最後のひとわんにする。

白くして静かなる光ある物——陶器のことを柳田国男は「木綿以前の事」でそういった。白くして静かなる光につつまれた、松の匂いにするあめゆきをすすりながら、とし子は前歯でかちりと茶碗にふれたかもしれない。私はそんなことを想像してしまう。

四十年もの長い間、私は日常のなかで柳田国男の文のイメージの喚起力に突き動かされてきた。彼の文は意識をはじく力がある。その力で私は思わぬ世界へと旅を始めるのだ。学者ではない、文学者としての柳田国男の言葉の力に、私の暮らし、私の記憶、私の感覚はさまざまに彩られてきた。こんなにありがたい人はなかなかいないない。

あとがき

　この本は雑誌「未来」に二〇〇六年十月から二〇〇八年の四月まで「ことば・ことば・ことば」というタイトルで連載したエッセイ十九篇に「言葉のムチ」「人語を話す猫のこと」「気象通報の時間」の三篇を書き下ろして加え、一冊にまとめたものです。

　今まで私の仕事は絵本のテキストや絵本の評論、それに児童文学がほとんどでした。生きることを無条件に求める幼い子の陽性のエネルギーを楽しみながら、さまざまな視点から子どもの心性のなかに普遍的な人間の根っこのようなものを見つけようとしてきました。それはそれで無限の魅力があり、子どもたちと絵本を読むのはやめられないのですが、しかし、しかし、です。人は奇妙なもの、子どもについての専門家のように遇されると「そんな頭の人間はいないぞ」と叫びたくなるのです。私は十年来、雑多なことを書く日記をつけているのですが、そこでは言うまでもなく、暮らしの不満やよろこび、世の中の動きへの舌打ち、周囲の青年たちの生き方への疑問や信頼、年齢をとることへの構えやら、思いやら、映画評やら書評やら、それこそ世事百般、自己中心的に展開しています。そんなこと、あたりまえ、だれしもそんなふうに全方位的に生きているのです。そこで私は「未来」に「子ども」というかきねを取っ払って、「ことば・ことば・ことば」というエッセイを書くことになったとき、ごくあたりまえの等身大の自分に還《かえ》って、自由に書けることがうれしくて、解放感で胸がいっぱいになりました。

連載中からたくさんの読者から暖かい励ましをいただきました。またありがたい叱責もいただきました。日記とはちがう、書くことを仕事にすることの重さを、やせた両肩にどっしり感じ、緊張もしましたし、やんぬるかなと反省することもしばしばでした。

でも、終わってみれば、やっぱり楽しかった。私はどうやら「言葉」を喰って生きる奇獣の生まれ変わりらしい。「言葉」のことを考えるとなにやら細胞が生き生きしてくるのです。しかし、よく考えてみれば「言葉」をもつことは人類が人類であることの重大な条件の一つ。おしゃべりがすきな中学生、若いときのことを聞いてもらいたい老人、周囲の言葉に全身で食いついている赤ん坊、みんな、みんな、存在の内奥から言葉を求めて生きている、といってもいいでしょう。我が塾では恒例のことですが、今年の夏も長野県諏訪市の山奥の小学校の分教場跡で、子どもたちといっしょに十泊十一日の合宿に行ってきました。ラジオもない、テレビもない、そんな環境で私は十人弱の小学生の寝かせ役。毎晩寝る前に昔話を語るおばあさんになりました。私の語りの一言一言にらんらんと目を輝かせて聞いている子どもたち。あの眼、あの姿勢、ほんとうにこちらが喰われそうでした。ああ、こいつらも言葉喰い怪獣だ、としみじみ思ったしだいです。

言葉を喰って生きる、それは言い換えれば、言葉の海を必死で泳いでいるということにもなりましょうか。泳いでいるうちに他者と手をつなぐことができたときのよろこびは人類普遍のよろこびといえるでしょう。しかし、その海の大きさと多様さには気が遠くなります。このエッセイの一篇、一篇はそんな尽きない大海の水を小さなバケツで汲むようなもの。それでもこの一冊、私にはいとおしい作品になりそうです。

装丁の田宮俊和さん、カットを描いてくれた新井薫さん、こんな素敵な本を作っていただいて心から感謝します。

長谷川摂子

長谷川摂子（はせがわせつこ）
島根県生まれ。絵本・童話作家。東京外国語大学卒業、東京大学大学院哲学科中退。保育士として働いたのち、夫の長谷川宏氏とともに学習塾を営む。二〇〇四年『人形の旅立ち』（福音館書店刊）で第19回坪田譲治文学賞、第14回椋鳩十文学賞、第34回赤い鳥文学賞を受賞。絵本に『めっきらもっきらどおんどん』『きょだいなきょだいな』『みず』『おっきょちゃんとかっぱ』ほか多数。評論に『子どもたちと絵本』（福音館書店刊）、翻訳に『美術の物語』（共訳・ファイドン刊）。昔話に「てのひらむかしばなし」シリーズ（全10巻・岩波書店刊）。

とんぼの目玉――言の葉紀行

二〇〇八年一〇月三〇日　第一刷発行

定価――本体一七〇〇円＋税

著者――長谷川摂子

発行者――西谷能英

発行所――株式会社　未來社
〒一一二―〇〇〇二東京都文京区小石川三―七―二
電話〇三―三八一四―五五二一（代）
振替〇〇一七〇―三―八七三八五
http://www.miraisha.co.jp/
Email: info@miraisha.co.jp

印刷・製本――萩原印刷

ISBN978-4-624-60109-6 C0095

平野 謙・小田切秀雄・山本健吉編
〔新版〕現代日本文学論争史 上巻
最良の編者による文学論アンソロジー。上巻には大正末〜昭和初期の十一論争を収録。「内容的価値論争」「私小説論争」「芸術大衆化論争」「形式主義文学論争」ほか。解説＝平野 謙 六八〇〇円

平野 謙・小田切秀雄・山本健吉編
〔新版〕現代日本文学論争史 中巻
昭和十年前後の七論争を収載。「芸術的価値論争」「政治と文学論争」「社会主義リアリズム論争」「行動主義文学論争」「転向論争」「日本浪漫派論争」ほか。解説＝小田切秀雄 五八〇〇円

平野 謙・小田切秀雄・山本健吉編
〔新版〕現代日本文学論争史 下巻
戦中までの七論争。「シェストフ論争」「純粋小説論争」「中野重治・小林秀雄論争」「文学非力説論争」ほか。〝文壇〟が熱かった時代が垣間みられる論争の軌跡。解説＝平野 謙 五八〇〇円

西郷信綱・廣末 保・安東次男編
日本詞華集
記紀、万葉の古代から近現代にいたるまでの秀作を収録。各分野で第一線を走った編者三名の独自の斬新な詩史観が織りなす傑作アンソロジー。西郷信綱氏による復刊への「あとがき」を収録。 六八〇〇円

〔消費税別〕